Lore Macho

Rosen für die Leiche

Waldviertel-Krimi

Von Lore Macho bisher erschienen:

Tödlicher Reichtum
Tod am Nussbaum
Tod in Acryl
Mord im Waldviertelexpress
Tod im Tröpferlbrunnen
Tödliches Tarock
Mord im Dorfwirtshaus
Ein ganz harmloser Mord
Tod beim Mittelalterfest
Rosen für die Leiche

Lore Macho

Rosen für die Leiche

Waldviertel-Krimi

Adel verpflichtet!

federfrei
www.federfrei.at

Personen und Handlungen sind frei erfunden.
Alle Ähnlichkeiten mit lebenden oder nicht lebenden Personen sind deshalb reiner Zufall und nicht beabsichtigt.
Sollte Ihnen, lieber Leser, liebe Leserin, doch etwas bekannt vorkommen, zeigt das nur, dass Sie über mehr Fantasie verfügen als ich.

1. Auflage
Marchtrenk, 2024
www.federfrei.at

Umschlagabbildung:
© Sonja Macho
Lektorat:
E. Reisinger
Satz und Layout:
Verlag federfrei
Printed in EU
ISBN 978-3-99074-281-5

Kapitel 1

»Willst du auch ein Zuckerl?«

Die beiden Dörflerinnen aus Klein Schiessling, die mittelalte und mittelgroße, leicht mollige Berta Pitzer und die fast achtzigjährige, stets schwarz gekleidete, überschlanke resolute Dorftratschen Annerl Passer, unternehmen mit dem Pensionistenverein des Ortes eine Busreise Richtung Süden.

Eigentlich wollte Berta Pitzer eine Fahrt durch das romantische Waldviertel buchen. Die Besichtigungen von Stift Altenburg, Schloss Rosenau mit Freimaurermuseum sowie dem Wasserschloss in Heidenreichstein hätten sie mehr interessiert als das südliche Wien, doch Annerl Passer hat ihren Dickschädel wie immer durchgesetzt, und deshalb sitzen sie nun im Bus und fahren Richtung Süden, genau genommen nach Baden bei Wien.

»Nein!«

Berta Pitzer verstaut das Sackerl mit den Malzpastillen wieder in ihrer Handtasche, lehnt sich im weichen Sitz zurück und freut sich auf die vor ihr liegenden Eindrücke.

Auf dem Programm stehen die Thermenstadt Baden mit dem Rosarium im Doblhoffpark, Österreichs größtem Rosengarten mit dreißigtausend Rosenstöcken und rund achthundert verschiedenen Rosensorten, die Sommerarena im Kurpark, mit verschiebbarer Dachkonstruktion aus Glas, welche je nach Witterung geöffnet oder geschlossen werden kann, sowie das Stadttheater »Bühne Baden« mit seinem historischen Ambiente. Als krönender Abschluss steht ein Besuch im Spielcasino auf dem Programm.

Annerl Passer sitzt neben Berta Pitzer in der ersten Reihe gleich hinter dem Reiseleiter, von wo aus sie eine gute Sicht auf die Straße und die vorbeiziehende Landschaft hätten, so denn eine vorhanden wäre. Leider ist es eine öde Fahrt über die Horner Bundesstraße, die Stockerauer Autobahn, und weiter über die Praterbrücke bis zur Südautobahn. Die meisten der schon etwas ältlichen Mitreisenden sind durch das monotone Motorengeräusch eingenickt oder unterhalten sich leise mit ihren Nachbarn. Berta Pitzer beobachtet den Chauffeur, ob er auch alles richtig macht, während Annerl Passer zu dem eingenickten Völkchen zählt und deshalb nichts zu Bertas Unterhaltung beiträgt. Selbst der Reiseleiter, welcher auf dem Sitz gleich neben der vorderen Bustür hockt, hat seine Augen geschlossen und döst friedlich vor sich hin.

Nach einer zweistündigen Fahrt ist es endlich geschafft und die Ausfahrt von Baden lacht ihnen entgegen.

Der Chauffeur biegt von der Autobahn ab und bringt nach einer kurzen Fahrt durch das mondäne Baden den Reisebus im Schatten einer von Kastanienbäumen gesäumten Allee zum Stehen. Durch das Anhalten wacht Annerl Passer auf und reibt sich verschlafen die Augen.

»San ma schon da?«

Berta nickt und verbeißt sich ein Grinsen. Ihre Freundschaft mit Annerl besteht, so weit sie zurückdenken kann, und hat trotz der langen Zeit nichts von der Zuneigung zueinander eingebüßt.

Hinter den hohen Bäumen verstecken sich prächtige Villen, auf die Annerl Passer, nachdem sie wieder putzmunter ist, sofort ihren Zeigefinger richtet.

»Da schau! Das ist doch schön hier! Sowas ham ma bei uns nicht.«

Ihre Begleiterin verzieht den Mund, sagt aber nichts. Wer die Dorftratschen kennt, weiß, dass Schweigen meist der bessere Weg ist, einer Konfrontation aus dem Weg zu gehen. Sie wäre jedenfalls lieber ins Waldviertel gefahren als hierher nach Baden.

Der Reiseleiter steigt, gefolgt vom Chauffeur, aus, während die von der langen Fahrt müde gewordenen, betagten Herrschaften auf ihren Sitzen vorerst einmal sitzen bleiben, sich weiterhin leise unterhalten, aus dem Fenster schauen oder leise vor sich hin schnarchen. Der Himmel ist leicht bewölkt und für Ende Mai ist es sommerlich warm.

Berta Pitzer streicht mit der Hand über ihre rotgefärbten Haare und beginnt, in ihrer Handtasche nach der kleinen Wasserflasche zu kramen, während Annerl Passer gelangweilt aus dem Busfenster blickt und dabei eine kleine, zarte, dunkel gekleidete Frau auf der gegenüberliegenden Straßenseite dabei beobachtet, wie diese ein schmiedeeisernes Tor in einen tiefschattigen Garten aufdrückt und vorbei an mächtigen alten Eiben auf eine herrschaftliche Villa zueilt. Berta Pitzer hat in der Zwischenzeit ihre Wasserflasche gefunden und macht einen Schluck, während Annerl sich die Hand vor den Mund hält und heftig gähnt.

»So, Leute, alle aussteigen!«, ruft es fröhlich aus dem Lautsprecher. »Wir sind an unserem Ziel, in der Kurstadt Baden, angekommen!«

Langsam und pomali speit der Bus seine Insassen aus und eine schnatternde Menge schart sich um Fritz, den Reiseleiter.

»Als Erstes besuchen wir das Rosarium mit seinen unzähligen historischen Rosen«, erklärt er fröhlich lachend, »und anschließend den zweiundfünfzig Hektar großen Badener Kurpark samt Kaisertempel und Undine-Brunnen. Danach setzen wir uns zur Erholung ins Parkkaffee, wo Kaffee und Kuchen auf uns warten. Am späten Nachmittag, nach der Besichtigung des Stadttheaters, sehen und hören wir in der Sommerarena die Operette *Der Bettelstudent* von Carl Millöcker. Und wenn Sie danach noch nicht müde sind«, fügt er augenzwinkernd hinzu, »machen wir einen kurzen Abstecher ins Spielcasino.«

Rien ne va plus!

Berta Pitzer hat die Wasserflasche zurück in die Handtasche befördert und betrachtet strafend ihre Begleiterin.

»Was ist? Willst nicht aussteigen?« Sie stupst Annerl verärgert in die Seite. »Jetzt hab ich nicht gehört, was wir als Nächstes unternehmen werden, und du bist schuld, weil du so herumtrödelst.«

Annerl ignoriert Berta und schaut weiterhin gebannt aus dem Busfenster.

Interessiert beobachtet sie dieselbe Frau, welche kurz zuvor auf die gegenüberliegende Villa zuging, wie sie neuerlich die Villa ansteuert und dabei laut ruft:

»Frau Hofmeister! Ich bin daha!«

»Hast du das g'sehn?«, schreit sie Berta an, die im Begriff ist, den Bus zu verlassen, mit einem Fuß auf dem schmalen Trittbrett steht und sich langsam zu Annerl umdreht.

»Was?«

»Die Frau!«, plärrt Annerl. »Die ist doch schon vorhin dort reingangen, hat nix g'sagt, und jetzt geht's wieder rein und schreit nach einer Frau Hofmeister.«

»Na und? Was hast du dagegen?«

Annerl rutscht von ihrem Sitz, schnappt ihre schwarze Tasche, die darunter liegt, und folgt Berta motschkernd nach draußen.

»Ist doch komisch«, brabbelt sie, »dass die zweimal hintereinander in dasselbe Haus geht.«

»Vielleicht hat sie was vergessen«, gibt Berta zu bedenken, was Annerl jedoch nicht zufriedenstellt.

Nachdem sie endlich auf der Straße stehen, steigt der Chauffeur wieder ein und fährt mit dem leeren Bus davon. Er hielt zum Aussteigen nur kurz in einer Parkverbotszone, und muss jetzt sein Gefährt auf dem großen Busparkplatz etwas außerhalb der Kurstadt Baden abstellen. Der Reiseleiter zählt seine Schäfchen und stellt fest, dass keines fehlt. Alle achtundzwanzig sind um ihn versammelt, und so stapft er zufrieden mit ihnen auf den Eingang des Rosariums zu.

Welch eine Farbenpracht empfängt sie hier!

Rosenbeet reiht sich an Rosenbeet, der Duft ist überwältigend und euphorische Ausrufe der Reisenden sind zu hören.

»Da schau dir das an!«

»Diese Pracht!«

»Ist das nicht herrlich?«

»So viele Rosen auf einem Fleck sieht man selten.«

Die unterschiedlichsten Sorten sind voneinander getrennt gepflanzt. Einige mit niedrigem Buchs eingefasst, andere auf die umgebende Wiese überschwappend, und wieder andere wie Schling- oder Kletterrosen über Holzpergolen rankend, zu deren Füßen sich Beetrosen in vielen Schattierungen von weiß bis tief dunkelrot ausbreiten. In einem mit Buchs eingefassten Rondell blühen mindestens hundert englische Rosen der Sorte »Graham Thomas« in sattem Gelb, im Beet gegenüber ebenso viele der Sorte »Queen of Sweden« in Aprikot-Tönen mit zartem Myrrhe-Duft.

Annerl schlendert begeistert, gefolgt von Berta, von Beet zu Beet, bewundert die überschwängliche Üppigkeit, lässt ihren Blick über eine Holzpergola, berankt mit knallroten Blüten schweifen, und bleibt dann abrupt vor einer niedrigen Beetrose in Pink stehen.

»Da schau amal, Berta! Die is aber schön! Schau dir die dichten Blütenbüschel an! Und erst die Knospen! Die Blütenform schaut aus wie bei einer Edelrose!« Eilig sucht sie den Platz unter der Pflanze ab, kann aber nirgends eine Tafel finden, die über den Namen der Rose Auskunft gibt.

»Aber da ist ka Taferl«, murmelt sie verärgert und schüttelt den Kopf. »Weißt du, wie die heißt, Berta? Weil die g'fällt mir.«

Berta Pitzer macht einen Schritt zurück und beugt sich zu besagter Rose hinunter. Sie schiebt mit der Hand ein paar Blätter zur Seite, kann aber ebenfalls kein Taferl finden. »Die heißt nix«, lacht sie und zieht Annerl mit sich fort, die ihr unwillig und vor sich hinmotschkernd folgt.

Die Senioren sind begeistert und schlendern staunend ob dieser Pracht von Rosenbeet zu Rosenbeet, lesen interessiert die Tafeln, so vorhanden, mit den einzelnen Sortennamen und deren Züchtern, bis sich Annerl Passer neuerlich zu einer dunkelroten Blüte beugt und deren Duft tief einatmet. »Riech einmal, Berta! Die duftet nach Gewürzen.«

Berta dreht sich zu Annerl um und steckt ihre Nase in die Blüte. »Die riecht nach Nelken!« Sie entziffert die kleine Tafel, welche vor dem Rosenstock in der Erde steckt. »Nelkenrose, steht doch eh da.«

Aha!

Während Berta Pitzer, die ja ursprünglich lieber eine Fahrt durch das romantische Waldviertel unternehmen wollte, nun begeistert das überreiche Angebot an Rosen in allen Farben und Düften bewundert, wird Annerl Passer, deren Begeisterung merklich abnimmt, immer langsamer und langsamer, bis sie plötzlich ganz stehen bleibt.

»Komm endlich!« Energisch nimmt Berta sie bei der Hand und zieht sie mit sich fort. »Schau, da vorn, die vielen Schmetterlinge und Bienen, die sich auf den weißen Blüten am Rosenbogen tummeln.«

Sie lässt Annerls Hand los und steuert die Ramblerrose an. »Ich muss einmal schauen, wie die heißt. Auf meiner Pergola wäre noch Platz für so eine schöne Rose. Und wie die duftet!« Sie beugt sich zum Schild hinunter, liest laut »Bobbie James« und dreht sich um. »Hast du was zum Schreiben?«

Annerl, die neuerlich hinter ihr zurückbleibt, öffnet mürrisch ihre schwarze Handtasche, kramt einen Zettel samt Kugelschreiber hervor und drückt beides Berta in die Hand.

Die notiert den Namen der Rosensorte und mustert Annerl belustigt, nachdem sie die Notiz gewissenhaft in ihrer Handtasche verstaut hat. »Bist vielleicht schon müde?«

»No na!« Annerl Passer setzt pomali einen Fuß vor den anderen.

»Du wolltest doch da her. Ich wär eh lieber ins Waldviertel gefahren«, brummt Berta verärgert. »Also, jetzt komm endlich.«

»Jetzt san ma genug g'latscht. Ich will endlich an Kaffee!«

Fritz, der Reiseleiter, der knapp hinter den beiden hermarschiert, hört Annerls Wunsch. Auch ihm genügt allmählich die Besichtigung. Was soll er mit so vielen Rosen anfangen, wo er nicht einmal einen Garten besitzt?

Er überholt die Gruppe, hält den rechten Arm hoch und wartet, bis sich alle Schäfchen um ihn versammelt haben.

»Dort vorne an dem kleinen Teich«, beginnt er, »ist ein nettes Lokal, in dem wir, wie ich Ihnen versprochen habe, einkehren werden. Und zur Belohnung für Ihre Ausdauer gibt's Kaffee mit Kuchen!«

Mit zustimmendem Gemurmel strömen die Pensionisten auf das Kaffeehaus im Doblhoffpark zu und es dauert nicht lange, bis die zahlreichen kleinen Tische im Freien in Besitz genommen waren. Und ein paar Minuten später dampft bereits vor jedem eine Tasse Wiener Melange und auf einem Teller lockt ein Stück Haustorte mit Schlag.

Annerl stöhnt erleichtert auf. Zuerst kostet sie von ihrem Kaffee, grinst zufrieden, nimmt die Mehlspeisgabel zur Hand und beginnt, die schokoladige Kalorienbombe in sich hineinzuschaufeln. Berta beobachtet sie und schüttelt missbilligend den Kopf. Wenn die nicht regelmäßig ihren Kaffee hat, ist es mit ihr nicht auszuhalten. Dann greift sie aber selbst nach ihrem Häferl und macht den ersten Schluck.

Die nächsten Minuten vergehen mit wohligem Geschmatze und Fritz lächelt in sich hinein. Er weiß, wie er eine Reisegruppe zufrieden- und vor allem ruhigstellt. Und am Ende jeder Fahrt wird dieses Wissen mit reichlich Trinkgeld belohnt.

Kapitel 2

Frauenleiche im Park von Schloss Kriesenstein

Die Überschrift prangt auf der Titelseite der Tageszeitung und verweist auf den dazugehörigen Artikel auf den Seiten vier bis fünf.

Im Park von Schloss Kriesenstein, Bezirk Horn,
zwischen Krems und Zwettl gelegen, fanden gestern am späten Abend Jugendliche eine Frauenleiche,
bei der es sich laut Polizeiauskunft
um die siebzigjährige Schlossherrin Ludmilla von Kriesenstein handelt.
Die Frau wurde erschlagen und …

Annerl Passer unterbricht das Lesen und wendet sich ihrem Frühstück zu. Na, so was! Was es nicht alles gibt. Sie streicht Butter auf eine Scheibe Vollkornbrot, legt ein Stück Emmentaler drauf und beißt genussvoll hinein. Doch noch ehe sie hinuntergeschluckt hat, wird sie neuerlich von diesem Zeitungsartikel gefesselt.

Die Polizei vermutet einen Zusammenhang
mit dem Tod der über achtzigjährigen Adele von Hofmeister,
welcher Ende Mai die Bevölkerung
von Baden bei Wien in Atem hielt.
Adele von Hofmeister wurde ebenfalls erschlagen in ihrer Villa aufgefunden.

Beide Opfer entstammen alten Adelsgeschlechtern aus der Zeit Maria Theresias und …

Annerls Gehirnwindungen beginnen zu rotieren.

Hofmeister? Hofmeister?

Wo hab ich denn den Namen schon einmal gehört? Dann fällt es ihr wie Schuppen von den Augen. Natürlich! Das war, als sie mit dem Pensionistenverein das Rosarium besuchte. Eine schlanke Frau schritt auf eine Villa zu und rief: »Frau Hofmeister, ich bin daha!«

Das kann sich doch nur um diese Hofmeister handeln, grübelt sie und greift kurzerhand zum Telefon.

»Berta! Hast heut schon die Zeitung g'lesen?«

»Griaß di, erst einmal«, tadelt Berta lehrerinnenhaft. »Nein, hab ich nicht! Warum?«

Annerl Passer übergeht die Rüge und wischt mit der Stoffserviette über ihren Mund.

»Dann mach des! Aber schnell!«

Keuchend beendet sie das Gespräch und lässt ihr Smartphone auf den Tisch neben dem Käsebrot fallen. Hektische rote Flecken erscheinen in ihrem mageren Gesicht. Nach ein paar Minuten meldet sich Berta endlich.

»Meinst du den Artikel über die tote Schlossherrin?«

»Ja! Was denn sonst? Die ist genauso umbracht worden wie die Frau in Baden.«

»Und?«

Herrgott, ist die schwer von Begriff! Annerl kaut rasch und schluckt den Bissen hinunter. »Ich hab dir doch damals bei unserer Busfahrt nach Baden g'sagt, dass mir das Verhalten der mageren Frau komisch vorkommen ist. Geht zweimal kurz hintereinander in dasselbe Haus. Beim ersten Mal sagt sie nix, beim zweiten Mal ruft sie: *Frau Hofmeister, ich bin da!* Und jetzt is erschlagen! Das ist doch merkwürdig!«

Sie unterbricht ihre Erläuterung, macht einen Schluck vom Kaffee und befördert ihn dem Käsebrot hinterher.

Berta Pitzer erinnert sich nun dunkel daran, jedoch nur an das, was ihr Annerl damals erzählte. Selbst beobachtet hat sie die Frau nicht, außerdem kann sie keinen Zusammenhang zwischen den beiden Fällen erkennen.

»Und was willst jetzt machen?«, fragt sie zaghaft. »Du hast ja angeblich nur irgendwas in Baden beobachtet, und nicht auf Schloss Kriesenstein. Und den Namen Hofmeister gibt's wahrscheinlich öfter.« Sie zieht ihre Augenbrauen bis zum Haaransatz hinauf. »Willst vielleicht den Schreiner aufsuchen und ihm deine Geschichte erzählen?« Sie lacht laut, weil sie sich den Inspektor vorstellt, wie er die Klein Schiesslinger Dorftratschen, nachdem sie ihm ihre Beobachtung aufgetischt hat, postwendend aus dem Zimmer fegt.

»Weiß ich nicht«, antwortet Annerl nachdenklich und greift nach dem Häferl. »Aber einfach nix tun, kann ich auch nicht.«

Berta Pitzer überlegt kurz. »Dann erzähl es der Sandra. Die kann mit dem Sepp darüber reden. Immerhin ist er Polizist und arbeitet mit dem Schreiner eng zusammen.«

Was nicht ganz stimmt, denn Schreiner arbeitet nur mit sich selbst eng zusammen.

Im selben Moment öffnet sich schwungvoll Annerls Haustür und schon steht Hedwig Uhudler im Zimmer.

»Hast schon die Zeitung gelesen?«, schreit sie aufgeregt, sodass Berta durchs Telefon mithören kann. »Über den Mord an Ludmilla von Kriesenstein? Man hat sie ermordet! Erschlagen!« Hedwig schnauft erbärmlich. »Erst vorige Woche hat ihr Günter ein paar Kisten von unserem Grünen Veltliner geliefert.« Sie macht eine Pause und runzelt nachdenklich die Stirn. Ihr fällt ein, dass Günter ziemlich lange weg war, und als er heimkam, dämlich vor sich hin gegrinst hat. Auf ihre Frage, was er denn so lächerlich findet, hat er nur den Kopf geschüttelt und ist im

Hof zwischen den Oleandertöpfen verschwunden. Auch bei seinen letzten Lieferungen ist er ihrer Meinung nach länger ausgeblieben als nötig. Laut sagt sie: »Wie er von der Weinlieferung heimkommen ist, war er ein bisserl merkwürdig. Mir ist er vorgekommen wie ein verliebter Gockel, obwohl ich mir das überhaupt nicht vorstellen kann. Diese Kriesenstein war doch schon siebzig.« Sie runzelt die Stirn, zieht die Mundwinkel nach unten und mustert Annerl, deren Lippen fest zusammengepresst sind. »Aber da hat sie noch gelebt«, fügt sie rasch an, um keine voreiligen Schlüsse aufkommen zu lassen.

Berta Pitzer zappelt vor Aufregung! Sie ist nicht mehr zu halten! Augenblicklich unterbricht sie das Telefonat, an dessen Drahtende ohnehin keiner mehr zuhört, eilt schnurstracks aus dem Haus und steht zwei Minuten später neben Hedwig in Annerls Wohnzimmer. Verächtlich mustert sie deren Frühstück.

»Hast nichts Besseres als Käsebrot?«

Sie dreht sich um, eilt in die Küche und holt zwei Häferl aus der Kredenz, die sie für Hedwig und sich mit Kaffee füllt. Dann setzt sie sich an den Tisch. Annerl blickt verständnislos auf.

»Ist mein Frühstück jetzt so wichtig, dass du daran herummotzen musst? Ruf lieber du die Sandra an, damit ich fertig frühstücken kann!«

Doch das lässt Berta zunächst einmal sein. Sie will genau wissen, was Günter Uhudler mit der Schlossherrin von Kriesenstein zu schaffen hat. Denn nach Hedwigs Geplapper könnte es mehr als nur eine Weinlieferung gewesen sein.

»Also, schieß los, Hedwig«, fordert sie energisch. »Hat der Günter was mit der Kriesenstein gehabt?«

Hedwig Uhudler versinkt in ihrem Sitz und greift mit zittrigen Fingern nach dem Häferl. Annerl beobachtet sie eine Weile, springt auf, eilt zur Kredenz, entnimmt drei Stamperl samt einer Flasche Birnenbrand von Gemeinderat Michael Rieslinger und kommt an den Tisch zurück.

»Jetzt brauch ma was Hochprozentiges!« Sie wischt ihren Teller mit dem Käsebrot von sich, ebenso die Kaffeehäferl, und schenkt die Stamperl voll bis unter den Rand.

»Prost!«

Nachdem ich kurz danach ausführlich über Annerls Beobachtung Ende Mai, mittlerweile haben wir Anfang Juni, informiert wurde, gebe ich dieses Wissen telefonisch an Sepp weiter, der gerade mit Angela Bauer im Streifenwagen Richtung Eggenburg unterwegs ist.

»Und was soll ich jetzt damit machen, Sandra?«

»Keine Ahnung. Glaubst du, dass der Schreiner etwas damit anfängt?«

Sepp Tauber zuckt mit den Schultern, was ich aber nicht sehen kann. Ich höre, wie er sich mit seiner Kollegin berät, dann sagt er laut: »Wir fahren bei Annerl vorbei. Sie soll uns alles selbst erzählen.«

Womit ich vorerst einmal zufrieden bin.

Der Streifenwagen zweigt von der Bundesstraße ab und braust Richtung Klein Schiessling davon.

Kapitel 3

Wenn man zu lange über etwas grübelt, bekommt man Kopfweh!

So auch ich.

Die Beobachtung Annerls, die sie in Baden gemacht hat, geht mir nicht aus dem Sinn.

Zwei Frauen werden ermordet! Beide entstammen einem alten Landadel und beide wurden erschlagen. Wenn das kein Zufall ist?

Ich unterbreche das Gemüseschneiden, lege das Messer weg und marschiere in den Garten. Das viele Grün, die zahlreichen Blüten und der blaue Himmel mit den paar weißen Wölkchen wirken auf mich stets beruhigend. So sehr aufgewühlt kann ich gar nicht sein, dass ein Spaziergang durch meinen Garten keine Abhilfe schaffen würde.

Gedankenverloren streiche ich über die Halme des Diamantgrases, welches zwischen den rosa, weißen und gelben Sonnenhüten wächst, werfe einen Blick zur Birke, auf deren Stamm ein Buntspecht senkrecht nach oben klettert und mit seinem kräftigen Schnabel unter der Rinde laut hackend nach Käfern sucht, und wende mich Richtung Teich.

Ich liebe meinen Garten. Vor allem die zarten Gräser mitten in den Blumenbeeten. Sie verleihen der Pflanzung nicht nur Leichtigkeit und Anmut, sondern bieten auch zahlreichen Insekten Nahrung. Aber auch der Teich mit seinen Seerosen, dem Pfeilkraut und dem Tannenwedel, auf dessen Spitzen, die aus dem Wasser ragen, von Ende Juli bis September Libellen zum

Schlüpfen klettern, lässt sich von der kleinen Bank aus gut beobachten.

Während ich mich niedersetze, holen mich die Ereignisse um die beiden ermordeten Frauen wieder ein. Ist schon merkwürdig! Knapp hintereinander werden zwei dem alten Landadel angehörende Frauen ermordet. Beide erschlagen! Während diese Gedanken durch mein Hirn jagen, höre ich eine Autotür schlagen und gleich darauf mein Gartentürl quietschen.

»Ach, da bist du!«

Sepp kommt grinsend auf mich zu.

»Hast du nix zu tun?«, frage ich, während er sich neben mir auf die Bank fallen lässt.

»Ich war grad bei der Annerl und hab mir ihre Beobachtung, die sie in Baden gemacht hat, schildern lassen. Aber mehr, als sie euch erzählt hat, konnte sie mir auch nicht sagen.«

»Und? Was hältst du von der Sache?«

Er rückt näher und legt seinen Arm um meine Schultern.

»Was soll ich sagen? Mir erscheint das alles zwar sonderbar, aber …«

»Du willst mir jetzt aber nicht einreden«, unterbreche ich ihn brüsk, »dass das reiner Zufall ist. Immerhin wurden zwei adelige Frauen knapp hintereinander auf dieselbe Art und Weise ermordet.«

Der Druck auf meine Schultern wird stärker und ich wende ihm mein Gesicht zu.

»Ich kann mir was Schöneres vorstellen, als über alten Landadel und Mordfälle zu reden.«

»Aha! Und was?«

Diese Frage bleibt unbeantwortet.

Lange danach wälze ich mich aus dem Bett, strebe in die Küche, schiebe das nicht fertig geschnittene Gemüse zur Seite und koche Kaffee.

»Schreiner!«

Inspektor Julius Schreiner stapft griesgrämig ins Chefbüro, plumpst auf den Besuchersessel und spürt sofort den fragenden Blick seines Chefs auf sich ruhen.

»Ich weiß nicht mehr als gestern, Chef, hoffe aber, dass aus der Bevölkerung brauchbare Hinweise kommen werden.« Er schlägt die Beine übereinander und schüttelt ungehalten den Kopf. »Immerhin lag die Tote mitten im Park von Schloss Kriesenstein, was leider zum Bezirk Horn gehört, und wir deshalb zuständig sind«, ergänzt er missmutig. »Man kann doch annehmen«, meint er gedehnt, »dass einer der Besucher des Schlosses etwas bemerkt hat.«

»Ich glaube nicht, dass es viele Leute gibt, die sich für eine Besichtigung von Schloss Kriesenstein interessieren.«

Christian Fuchs runzelt die Stirn und betrachtet seinen Inspektor, der ihn seinerseits mustert.

»Sowohl der Park als auch das Gebäude«, fährt er nach einer Weile fort, »sind, soweit mir bekannt ist, in einem jämmerlichen und dringend sanierungsbedürftigen Zustand. Aber«, er räuspert sich, »warten wir vorerst einmal ab. Ausschließen dürfen wir zum jetzigen Zeitpunkt noch nichts.« Er legt die Akte über den Mord an Ludmilla von Kriesenstein zur Seite.

»Aber was anderes, Schreiner. Was wissen wir denn eigentlich über die ermordete Adele von Hofmeister? Die Badener Kollegen vermuten doch eine Verbindung zu unserem Fall auf Schloss Kriesenstein. Vielleicht könnten wir dort anknüpfen? Sind die Kollegen inzwischen weitergekommen?«

»Keine Ahnung, Chef. Außerdem glaube ich nicht, dass die beiden Mordfälle etwas miteinander zu tun haben. Das wäre zu abwegig. Die Badener Kollegen haben uns nur mitgeteilt, dass die Altenpflegerin Adele von Hofmeister etliche Jahre bis zu ihrem Tod betreut hat, und sie es auch war, die sie tot aufgefunden hat.«

Intensiv betrachtet Christian Fuchs seinen Schreibtisch, auf dem sich zahlreiche Ordner stapeln. Wäre er allein, würde er liebend gern zur untersten Schublade greifen, seinen Flachmann hervorholen und einen Schluck machen in der Hoffnung, dass der seine Gedanken aufrüttelt und etwas Brauchbares zu Tage fördert. Aber mit dem gegenübersitzenden Inspektor geht das leider nicht.

»Glaubst du, Schreiner«, fährt er zögernd fort, während er seinen Schreibtisch fixiert und die Aktenstapel hin und herschiebt, »dass diese Pflegerin«, er schaut auf, »wie heißt sie …?«

»Rehak! Maria Rehak!«

»… dass diese Maria Rehak indirekt etwas mit unserem Fall zu tun haben könnte? Oder dass sie es war, die Adele von Hofmeister ermordet hat?«

Schreiner überlegt kurz. »Kann ich mir nicht vorstellen, Chef. Immerhin war sie diejenige, welche Adele von Hofmeister tot aufgefunden hat. Hätte sie etwas mit deren Ermordung zu tun gehabt, würde sie doch eher verschwinden, als die Polizei auf sich aufmerksam zu machen.«

»Oder auch nicht, Schreiner.« Christian Fuchs verzieht den Mund zu einem sanften Lächeln. In seiner Ermittlerlaufbahn sind ihm schon die sonderbarsten Dinge untergekommen. Vor allem gute Schauspieler! Aber im Moment sieht auch er weit und breit kein Motiv.

Nachdenklich wendet er den Blick vom Schreibtisch ab und seinem Inspektor zu. »Hast du eine Idee, warum jemand die beiden alten Frauen ermordet haben könnte?«

»Geld!« Wie aus der Pistole geschossen antwortet Schreiner. »Das Motiv kann nur Geld sein, Chef.«

»Aber«, gibt der zu bedenken, »hatten die beiden Adeligen denn so viel davon, dass jemand auf ein beträchtliches Erbe hoffen könnte? Soweit mir bekannt ist, plagen den Landadel doch eher Schulden als überfüllte Bankkonten.«

Traurig schüttelt Schreiner den Kopf.

»Glaub ich auch, Chef. Wenn genug Geld vorhanden wäre, hätte die Kriesenstein doch wenigstens ihr Anwesen samt dem großen Park sanieren lassen.«

Christian Fuchs streicht über seine grauen Schläfen und seufzt.

»Bleib auf jeden Fall auch an dem Mord in Baden dran. Ich könnte mir schon vorstellen, dass die beiden Fälle irgendwie zusammenhängen. Zwei alte Frauen aus demselben Milieu werden knapp hintereinander auf dieselbe Art und Weise ermordet.« Er lehnt sich zurück und schüttelt heftig seinen Kopf. »Das gefällt mir nicht!«

Mir auch nicht, denkt Schreiner, steht auf und stapft davon, wird jedoch vom Polizisten Sepp Tauber kurz vor der Tür angerempelt, der mit der Beobachtung Annerl Passers wie ein Wolkenbruch aus heiterem Himmel ins Chefzimmer platzt.

»Entschuldigung!«

Schreiner massiert mit grimmiger Miene seine angerempelte Schulter, was Sepp Tauber ignoriert, und dem Chefinspektor berichtet, was er soeben erfahren hat.

Ob Schreiner, der einen Schritt ins Chefzimmer zurück macht, um nichts zu verpassen, allerdings erfreut ist, dass diese Beobachtung ausgerechnet von der Klein Schiesslinger Dorftratschen stammt, bleibt dahingestellt. Bekanntlich steht er mit den Klein Schiesslingern auf Kriegsfuß, was zwar ungerecht ist, denn schließlich kamen schon viele wichtige Hinweise von dort, ohne die er seine Fälle niemals aufgeklärt hätte. Aber so ist er nun einmal, der kleine Inspektor im stets korrekten Anzug mit Krawatte.

Undankbar und cholerisch!

Nachdem Sepp Tauber seine Schilderung beendet hat, wird er auch schon von diesem angeschnauzt: »Und was soll daran interessant sein, Tauber?«

Er verhält sich, wie erwartet, ablehnend, weil er wieder einmal befürchtet, dass sich die Klein Schiesslinger Dorftratschen samt Anhang in seine Arbeit einmischt. Christian Fuchs hingegen will diese Beobachtung nicht ganz außer Acht lassen.

»Du solltest dir das alles persönlich noch einmal erzählen lassen, Schreiner. Vielleicht ist doch was dran. Immerhin ist es bis jetzt der einzige Hinweis, den wir haben, und wir können es uns beim derzeitigen Stand der Dinge nicht leisten, auch nur den geringsten Hinweis zu ignorieren.«

»Ja, Chef«, knurrt Schreiner ungehalten und stapft endgültig aus dem Zimmer.

Kapitel 4

»Ja, Herr Inspektor, welche Freude Sie zu sehn, was verschafft mir denn die Ehre am frühen Vormittag? Kommen S' rein.«

Die überschwängliche Begrüßung Annerl Passers verwirrt Julius Schreiner derart, dass er über die Türschwelle stolpert und auf beiden Knien landet. So einen Freudenausbruch über sein Erscheinen ist er nicht gewohnt und macht ihn augenblicklich misstrauisch, noch dazu wo dieser von der Klein Schiesslinger Dorftratschen höchstpersönlich kommt.

Annerl Passer zieht sich nach ihrer Begrüßung vom Fenster zurück. Sie hat Schreiner beim Einparken beobachtet und eilt nun in den Flur, wo dieser im Begriff ist, seine lädierten Kniescheiben zu massieren, auf die er mit voller Wucht gepumpert ist.

»Kommen S' nur rein! Wollen S' was trinka?«

Der Inspektor schüttelt sich wie ein nasser Hund, der aus dem Wasser kommt, folgt dann der Dorftratschen ins Wohnzimmer und lässt sich auf den angebotenen Sessel fallen. Während er sich über die ungewohnte Sympathiebekundung wundert, massiert er intensiv beide Kniescheiben.

»Oh je! Ham S' Ihna weh tan?«

Annerl Passer wuselt um den Tisch herum, zieht einen Sessel heran, setzt sich neben Schreiner und grinst ihn an. Ihre dunklen Haare, von silbrigen Strähnchen durchzogen, sind streng zurückgekämmt und am Hinterkopf aufgeknödelt.

»Vielleicht einen Kaffee?«, fragt sie und zieht ihren schwarzen Rock straff über die Beine.

Abwehrend hebt Schreiner beide Hände und mustert Annerl scharf.

»Angeblich wollen Sie eine Beobachtung gemacht haben, die für uns von Interesse sein sollte.« Seine Worte triefen vor Sarkasmus, während er weiter mit beiden Händen die Kniescheiben massiert. »Das haben Sie zumindest Frau Weber erzählt.« Er unterbricht die Massage und mustert die Dorftratschen mit scharfem Blick. »Ich kann mir zwar nicht vorstellen, dass ausgerechnet Sie etwas bemerkt haben wollen, was die Polizei interessiert, aber lassen Sie halt trotzdem einmal hören, was das für überwichtige Beobachtungen sind.«

Bis jetzt hat sich Annerl Passer beherrscht. Sie hat ihn gegen ihre Überzeugung freundlich begrüßt, ihm sogar etwas zu trinken angeboten, aber nun reißt ihr der überaus kurze Geduldsfaden, den sie für Schreiner aufbringen kann.

»Wenn S' von mir was erfahren wollen, dann müssen S' schon a bisserl freundlicher sein. Sonst vergess ich meine Beobachtung und Sie können durch die Finger schaun!«

Perplex über diese unverfrorene Antwort blickt Schreiner auf. Da ihm allerdings sein Chef dringend nahegelegt hat, diesem einzigen Hinweis, den sie bis jetzt haben, gewissenhaft nachzugehen, reißt er sich zusammen.

»Also! Was war es, was Ihnen angeblich in Baden aufgefallen ist?«

Auch nicht viel netter, denkt Annerl. Aber da sie heute ihren guten Tag hat, nimmt sie es hin und schildert ihre Beobachtung.

»Und ein paar Minuten später ist sie noch einmal in die Villa gangen und hat g'rufen: *Frau Hofmeister, ich bin da*! Und das war komisch. Beim ersten Mal hat sie nix g'sagt, und beim zweiten Mal hat sie laut gerufen, sodass ich es g'hört hab, obwohl ich im Bus g'sessen bin.«

Julius Schreiner hört desinteressiert nur mit halbem Ohr zu, sonst hätte ihm auffallen müssen, dass Annerl nichts darüber erzählt hat, dass die Frau zwischenzeitlich herausgekommen ist. Er nickt bedächtig und fixiert Annerl herausfordernd.

»Und? Weiter? Oder ist das alles?«

Hätte er sich ja denken können, dass, selbst wenn er persönlich mit der Dorftratschen spricht, nichts Besseres als Unsinn dabei herausschaut. Er seufzt tief und will schon aufstehen, da fällt ihm Annerl Passer dazwischen.

»Wissen S' was«, meint sie und springt vor ihm auf, »ich mach uns jetzt einmal an starken Kaffee und Sie beruhigen sich in der Zwischenzeit ein bisserl. Danach unterhalt ma uns weiter!«

Schreiner fühlt sich leicht verarscht, ballt beide Hände zu Fäusten, hält jedoch inne, ohne sie auf den Tisch sausen zu lassen. Hat doch keinen Zweck, mit diesen Dörflern zu diskutieren. Dabei kam er bisher noch nie auf einen grünen Zweig. Entweder sie sagen nichts oder sie veräppeln ihn und plappern Schwachsinn. Wie das der Tauber schafft, ist ihm ein Rätsel. Aber, überlegt er, ein Häferl Kaffee wäre trotzdem nicht schlecht. Und während er ein paar Mal tief durchatmet, streicht auch schon ein herrlicher Duft um seine Nase. Dann landet ein Häferl vor und Annerl Passer neben ihm. Beruhigend tätschelt sie seinen Arm.

»Machen S' amal an Schluck, dann schaut die Welt glei viel besser aus!«

Es kostet ihm einige Überwindung, darauf einzugehen, jedoch ist ein Schluck Kaffee vielleicht gerade das Richtige, um in Fahrt zu kommen.

Annerl Passer springt neuerlich auf, eilt in die Küche und kommt mit einem Teller, voll beladen mit Butterkeksen, zurück, die sie neben Schreiners Häferl stellt. »Sind frisch! Greifen S' zu!«

Nachdem er seinen Unmut so halbwegs überwunden hat, greift er zaghaft zu.

»Na sehn S'!« Annerl lacht. »Geht doch! Und jetzt lassen S'

Ihna einmal das, was ich g'sagt hab, durch den Kopf gehen, ohne gleich zu explodieren.«

Schreiners Gesicht verzieht sich, als hätte er in eine saure Zitrone gebissen, er ermahnt sich neuerlich zur Ruhe und wirft der Dorftratschen lediglich einen tadelnden Blick zu. Das muss sein. Nicht dass diese Dörfler denken, mit der Polizei können sie machen, was sie wollen.

»Ist Ihnen an der Frau, die angeblich zweimal in dasselbe Haus gegangen ist, sonst irgendetwas aufgefallen oder verdächtig erschienen?«, lenkt er ein.

Annerl Passer runzelt die Stirn und schüttelt nachdenklich den Kopf. »Nein! Nur«, überlegt sie und schiebt eine Haarsträhne zurück, die sich aus ihrem Knoten gelöst hat, »wie die aus dem Haus kommen ist, hat's rote Flecken im G'sicht g'habt. Ich hab mich noch g'fragt, warum sich die so abg'hetzt hat. Wie's dann wieder zurückkommen ist, war's ganz normal.«

»Und das alles konnten Sie sehen, obwohl Sie im Bus gesessen sind?«

Schreiner verdreht die Augen. »Das glaub ich Ihnen nicht!«

Annerl Passer greift nach ihrem Häferl und macht einen Schluck. »Dann lassen Sie's halt bleiben!«

Energisch will sie den Tisch abräumen. Sie war ohnehin sicher, dass man mit Schreiner nicht vernünftig reden kann.

Dieser zwingt sich jedoch zur Ruhe, obwohl es ihm äußerst schwerfällt. Da ihn nicht nur sein Chef, sondern auch seine Frau Juliane stets ermahnt, mit den Leuten mehr Geduld aufzubringen, was effektiver ist als explosionsartig in die Luft zu gehen, greift er wütend nach seinem Häferl, das ihm die Dorftratschen wegziehen will.

»Sind Sie sich dessen ganz sicher?«

»Natürlich«, plärrt Annerl zurück und schnauft verärgert. »Was glauben S' denn von mir? Meinen S', ich hab mir das Ganze aus den Fingern g'saugt?«

Wenn Schreiner nicht augenblicklich einlenkt, wird Annerl krawutisch.

»Sie geben also an, dass sich diese Person auffällig benommen haben will und Sie deshalb zu dem Schluss gekommen sind, etwas könnte nicht stimmen!«

»Wenn S' das so g'schwollen ausdrücken müssen, von mir aus. Ja!«

Schreiner ist gleich wieder auf Hundertachtzig. Eins, zwei, drei … zehn elf, zwölf … Während er tief ein- und ausatmet, zwingt er sich zur Ruhe.

»Warum hätte Ihrer Meinung nach diese Person, bei der es sich laut Auskunft der Kollegen aus Baden wahrscheinlich um die Altenpflegerin gehandelt hat, nicht noch einmal in das Haus zurückkehren dürfen? Vielleicht hatte sie etwas vergessen?«

Annerl Passer dreht sich weg. »Ach, glauben S' doch, was wollen!«

Sie steht auf und lässt Schreiner am Tisch zurück. »Wie immer! Mit dem Kerl kann man nicht vernünftig reden«, brabbelt sie vor sich hin, während sie in die Küche schlapft. Sepp Tauber ist da ganz anders, der nimmt solche Beobachtungen ernst.

Für Schreiner ist der Besuch beendet. Er schiebt sein Häferl von sich. »Danke für den Kaffee! Morgen Vormittag erscheinen Sie in Horn! Die Kollegen werden Ihre Aussage protokollieren.« Und schon ist er bei der Tür draußen.

»Alter Grantscherm«, mault Annerl hinter ihm her und räumt geräuschvoll das Geschirr in die Spülmaschine. Zum Glück hab ich ihm nicht alles erzählt, was ich beobachtet hab, freut sie sich diebisch und schließt lachend den Geschirrspüler.

Kapitel 5

»Wie war's, Schreiner?« Chefinspektor Christian Fuchs kann seinem kleinen Inspektor, der soeben ohne anzuklopfen in sein Büro stürmt, den Ärger ansehen. Tiefe Zornesfalte, zu dünnen Strichen zusammengepresste Lippen und zu Fäusten geballte Hände.

Eigentlich sollte er wissen, dass Schreiner mit diesen Klein Schiesslingern nie klarkommt.

»Was war denn jetzt schon wieder?«, fragt er belustigt und verdreht die Augen.

Nachdem er über das aus Schreiners Sicht unerquickliche Gespräch in Kenntnis gesetzt wurde, streicht er nachdenklich über seine leicht ergrauten Schläfen.

»Das hättest du dir aber denken können«, seufzt er. »Wenn du dieser Passer mit dem Stellwagen ins Gesicht fährst, verschließt sie sich wie eine Auster.« Mahnend hebt er den Zeigefinger. »Du musst auf die Leute zugehen, Schreiner, ihnen Vertrauen entgegenbringen, ihnen zeigen, dass du sie ernst nimmst, anstatt sie zu brüskieren und zu verärgern. So wirst du nie etwas Gescheites aus dieser Landbevölkerung herausbekommen.«

Der Inspektor brummt in seinen nicht vorhandenen Bart und rückt den Sessel zurecht. Der Chef hat leicht reden, denkt er. Da macht er sich extra auf nach Klein Schiessling, anstatt diese Dorftratschen vorzuladen, und was hat er davon? Nichts! Nichts als Ärger!

»Für morgen Vormittag hab ich sie jedenfalls vorgeladen. Wenn sie schon daheim nichts erzählt, vielleicht plappert sie hier.« Er fixiert Christian Fuchs, dann fragt er kleinlaut: »Wollen nicht Sie einmal mit ihr reden, Chef?«

Christian Fuchs überlegt kurz, dann nickt er bedächtig. »Mach ich, Schreiner. Wenn sie auftaucht, führ sie zu mir.«

Darüber ist der Inspektor mehr als zufrieden. Warum soll immer er sich mit diesen Dörflern abquälen, wo doch sein Chef glaubt, mit seinem Charme, der Schreiner allerdings bisher verborgen geblieben ist, alles zu erreichen? Soll er nur schauen, wie weit er kommt. Diese Alte fällt garantiert nicht auf seine Verführungskünste herein.

Er steht auf, stapft aus dem Chefzimmer und weiter über den Gang in sein Büro. Für heute hat er genug, obwohl sein Arbeitstag noch lange nicht vorüber ist.

Ich stelle die letzte Gießkanne unter den Wasserhahn und warte, bis sie voll ist, da pfeifen mir die Rosenheimcops um die Ohren. Rasch eile ich zum Gartentisch, auf dem mein Handy liegt.

»Weber!«

»Was keuchst denn so?«

»Vielleicht weil ich gelaufen bin, Annerl? Was gibt's denn?«

»Mir ist da noch was eing'fallen«, plappert sie drauflos. »Kommst runter, oder soll ich zur dir auffe hatschen?«

»Wenn es wichtig ist, komm ich zu dir.«

Während ich ins Haus gehe, mir die Hände wasche und mich rasch umziehe, überlege ich, was ihr denn so Wichtiges eingefallen sein könnte, dass sie es unbedingt und jetzt sofort loswerden will. Wahrscheinlich hängt es mit ihrem Ausflug nach Baden zusammen.

Aber – bei Annerl weiß man ja nie!

Ein paar Minuten später stelle ich mein Auto vor ihrem Haus ab. Sie hat mich bereits erwartet, hängt, wie meistens, mit dem Kopf aus dem Fenster und winkt mir zu.

Kaum sitze ich an ihrem gemütlichen Wohnzimmertisch, landet auch schon ein volles Stamperl Hochprozentiges vor meiner Nase.

Ich schnuppere daran. »Mmhh! Birnenbrand! Vom Rieslinger?«

»Ja«, meint sie ungehalten und winkt ab. »Der Schreiner war grad da!«

Ich muss lachen. Annerl mag ihn nicht und irgendwie kann ich sie verstehen. Er ist keiner dieser Zeitgenossen, die man sofort ins Herz schließt. Weder sofort noch später! Ich glaube, man gewinnt ihm auch nach längerer Zeit nichts Positives ab. Aber, meine Mutter hat immer gesagt, man muss die Menschen nehmen, wie sie sind, weil man sie ohnehin nicht ändern kann. Auch den kleinen Choleriker nicht!

»Und? Was wollte er?«

Sie kostet von ihrem Stamperl und stellt es energisch zurück auf den Tisch.

»Na, was schon. Ich musste ihm noch einmal die Beobachtung in Baden erzählen.«

»Deinem Grant nach zu schließen, hat er dir weder geglaubt noch deine Beobachtung ernst genommen.«

»Du hast es erfasst! Dieser Depp!«

»Mach dir nix draus, Annerl«, besänftige ich sie, lange über den Tisch und tätschle beruhigend ihre Hand. Energisch schiebt sie sie weg.

»Deshalb hab ich ihm auch nicht alles erzählt!«

Sie reißt ihre Augen auf und verzieht den Mund zu einem schelmischen Grinsen, während ich sie fragend mustere.

»Ich hab die Frau nämlich später noch einmal g'sehn, und zwar im Park, wo sie mit an Mann heftig g'stritten hat.«

Sie leert ihr Stamperl und schenkt nach.

»Hast verstanden? Ich hab die Frau, die zwei Mal in die Villa reingangen ist, noch a drittes Mal g'sehn!«

Nachdem diese Nachricht meine hintersten Gehirnwindungen erreicht hat, frage ich verwundert: »Und warum hast du uns das nicht gleich erzählt?«

Verärgert springt sie auf und stützt sich mit beiden Händen am Tisch ab.

»Weil mir des erst heut in der Nacht wieder eing'fallen ist! Deshalb!«

Nun bin ich an der Reihe, das Stamperl auf ex zu leeren. Klirrend stelle ich es auf den Tisch zurück. »Das muss der Sepp sofort erfahren! Kannst du den Mann beschreiben, mit dem sie gestritten hat?«

»Natürlich! Ich bin doch net deppert! Groß war er, fesch war er, dunkle Haar hat er g'habt und a grüne Lederjacken. Genügt des?«

Ich überlege und zucke mit den Achseln. »Viel ist das nicht gerade. So schaut bald einer aus.«

»Die zwei waren ja auch weit weg. Da hättest du auch nicht mehr sehn können. Die Berta und ich sind im Café g'sessen und die zwei Streithansln hinter an Rosenbeet g'standen.«

»Und über ein Rosenbeet hinweg«, unterbreche ich sie, »konntest du so genau beobachten, dass sie Streit hatten?« Ich hege meine Zweifel, werde jedoch sofort eines Besseren belehrt.

»Das warn ganz niedrige Rosen. Auf dem Etikett hab ich später g'lesen, dass es orientalische Rosen sind, die *Julie Eyes* heißen. Sehr schön! Orange mit dunkler Mitte! Und duftet ham die, des glaubst nicht!«

Sie springt auf, kramt einen zerknitterten Zettel aus einer Schublade und reicht ihn mir.

»Da stehts drauf! *Julie Eyes*! Hab ich mir extra aufg'schrieben, weil ich mir die kaufen will. Die passt perfekt hinten in den Garten. Die Berta kauft sich auch eine. Eine weiße Ramblerrose, die heißt *Bobby James*. Hab ich nicht aufg'schrieben, mir aber gemerkt«, fügt sie stolz an und reibt die Hände aneinander, während ich zu meinem Smartphone greife und Sepps Kurzwahltaste drücke.

»Sandra, was gibt's?«

Kurz schildere ich ihm Annerls weitere Beobachtung, welche sie Inspektor Schreiner vorenthalten hat.

»Aber der Schreiner war doch eh grad bei ihr. Warum hat sie ihm das nicht erzählt?«

Lachend schildere ich ihm den Grund.

»Ihr mögt den Schreiner nicht, kann ich verstehen, aber solche wichtigen Informationen müsst ihr ihm trotzdem erzählen, Sandra. Immerhin tragen diese womöglich zur Aufklärung zweier Mordfälle bei.«

»Ja, ja«, unterbreche ich ihn ungehalten. »Sag das nicht mir, sondern der Annerl.«

Plötzlich höre ich einen Folgetonhorn und Angela Bauer im Hintergrund sprechen. Ich lege auf. Die zwei sind offensichtlich im Einsatz!

Kapitel 6

Wider Erwarten steht in den Zeitungen über die beiden Mordfälle kein weiteres Wort, was mich wundert. Meistens, vor allem im sogenannten Sommerloch, wird doch jede Sensation ausgeschlachtet bis zum Geht-nicht-mehr. Diesmal jedoch herrscht, außer den beiden Artikeln vor ein paar Tagen, verdächtige Stille.

»Wenn ich nur wüsste«, fragt Hedwig nachdenklich, »was der Günter mit der Ludmilla von Kriesenstein zu tun hatte.«

Ich fixiere sie über mein Kaffeehäferl hinweg und nicke unmerklich. Das würde mich auch interessieren.

Wir sitzen mit Berta und Annerl in der Eggenburger Bäckerei, vor uns stehen vier Große Braune und vier Topfengolatschen warten auf den Verzehr. Berta Pitzer rutscht auf ihrem Sessel herum. »Warum fragst du ihn nicht einfach?«

»Hab ich doch schon!«, Hedwig plärrt quer über den Tisch und schnauft verärgert. Dieses Verhalten ist für sie äußerst ungewöhnlich, weil sie von uns Vieren die Besonnenste ist. Man merkt ihr an, dass das sonderbare Verhalten ihres Angetrauten nicht nur die Nervosität gesteigert, sondern sich auch großes Misstrauen breit gemacht hat.

»Er sagt ja nix!« Verzweifelt rauft sie sich die Haare, während es in ihr brodelt. »Er tut immer so, als wenn ich mir das alles nur einbilde.« Sie ächzt, nimmt ihre Topfengolatsche zur Hand und beißt grantig hinein, als wäre diese arme Golatsche schuld an ihrer misslichen Lage.

»Aber ich weiß ganz sicher«, nuschelt sie, während sie kaut, »dass da etwas nicht stimmt. Nicht stimmen kann!« Sie schluckt den Bissen hinunter und spült mit einem Schluck Kaffee nach. »Erstens war er immer lange weg, so lang braucht kein Mensch für eine normale Weinlieferung, und zweitens verhielt er sich merkwürdig, das habe ich euch ja schon erzählt. Er ist seit dieser letzten Lieferung geistesabwesend, hört mir überhaupt nicht zu, wenn ich ihn anspreche. Er rennt nur noch deppert vor sich hin grinsend durch die Gegend.«

Wir schütteln synchron unsere Köpfe, während Hedwig weiterspricht.

»Ich hab ihm auch schon gesagt, er soll sich endlich Hörgeräte anpassen lassen, damit er mich versteht, wenn ich mit ihm rede. Daraufhin hat er mir den Kopf zugewendet und, anstatt mir eine gescheite Antwort zu geben, noch depperter gegrinst.«

Annerl streckt den Rücken durch. »Das ist schon verdächtig«, meint sie. »Der war doch immer ganz normal.« Berta und ich können ihr nur beipflichten.

»Irgendetwas ist anders. Wenn ich nur wüsste, was.« Hedwig greift verzweifelt nach ihrem Kaffeehäferl. »Habt ihr eine Ahnung, was ich machen könnt, damit der wieder so wie vorher wird?«

»Soll ich einmal mit ihm reden?«, biete ich an.

Sie zuckt mit den Schultern und wendet ihren Kopf dem Fenster zu. Plötzlich schreit sie: »Da unten! Da geht er!«

Tatsächlich. Günter Uhudler spaziert gemächlich über den Platz und verschwindet im Haus gegenüber.

»Was will er denn dort?«

Ehe ich mit Rätselraten die Zeit vertrödle, springe ich vom Sessel, renne auf die Straße und Günter hinterher. Ich reiße die Haustüre, durch die er soeben verschwunden ist, auf und finde mich in einem finsteren Gang wieder. Rechts gehen zwei Türen ab und links von mir befindet sich das Stiegenhaus, das nach oben führt. Lift kann ich keinen entdecken, deshalb stolpere ich die Treppen hinauf, sehe mich um, horche, aber von Günter keine Spur. Wohin ist der so schnell verschwunden? Plötzlich vernehme ich im Erdgeschoß Stimmengemurmel. Aha, denke ich, stolpere die Stufen wieder hinunter und kann gerade noch das Schließen einer Tür wahrnehmen.

Offensichtlich ist er hinter einer der Türen auf der rechten Seite verschwunden.

Sicherheitshalber eile ich noch auf die Straße und schaue mich im Grätzel um, doch von Günter Uhudler ist kein Zipfel zu sehen. Ich versuche mein Glück abermals in dem dunklen Gang, lausche nacheinander an den Türen, kann jedoch keine Stimmen mehr hören.

Scheiße!

Dann kehre ich resigniert in die Bäckerei zurück und lass mich auf meinen bereits ausgekühlten Sessel plumpsen.

»Und?« Hedwig starrt mich mit aufgerissenen Augen an.

Ich zucke mit den Schultern. »Er ist mir entwischt. Ich konnte nicht einmal sehen, hinter welcher der Türen er verschwunden ist.«

Nachdenklich richtet sich Berta Pitzer auf. »Da drüben ist ein Augenarzt, ein Kosmetiksalon und ein Notar. Will er sich Botox spritzen lassen? Oder sieht er schlecht, der Günter?«, fragt sie und mustert Hedwig.

»Nicht dass ich wüsste«, antwortet diese. »Er hört nur nicht, wenn ich ihn was frag.«

»Ohrenarzt ist aber keiner dort«, meint Berta süffisant, greift zu ihrer Topfengolatsche, beißt hinein, und schmückt ihre Nasenspitze mit Staubzucker.

Ich muss lachen, während meine Gedanken rasen.

»Der ist weder bei der Kosmetik noch beim Augenarzt«, platze ich heraus. »Der ist beim Notar! Nur das ergibt einen Sinn.«

»Und warum?«, will Hedwig wissen.

Wenn wir das wüssten, wären wir nicht nur schlauer, sondern Hedwig vielleicht beruhigter.

Oder auch nicht!

»Aber da fällt mir was anderes ein, Berta«, wechsle ich das Thema. »Du willst dir die Ramblerrose *Bobby James* kaufen? Weißt du, dass die bis zu fünf Meter hoch wird? Ich hab eine auf der Rosenburg gesehen und die ist die komplette Mauer hoch bis in den Himmel geklettert.« Ich lache. »Die wächst dir ja über den Kopf!«

Berta Pitzer reißt ihre Augenbrauen wie gewohnt bis zum Haaransatz hinauf. »Aber die war so schön in Baden!«

»Weißt du was«, tröste ich sie, »wir fahren die nächsten Tage auf die Rosenburg und dort kannst du dir diese *Bobby James* in voller Größe anschauen. Wir können auch das Schloss besichtigen, das zu den sehenswertesten Burg- und Schlossanlagen des Waldviertels gehört. Es gibt dort unter anderem eine Schausammlung zum adeligen Landleben sowie …«

»Da fahr ich mit!«, schreit Annerl dazwischen, und wir müssen lachen. Hätte ich mir ja denken können. Ich tätschle ihre Hand. »Natürlich kommst du mit. Ohne dich würden wir doch nie irgendwohin fahren.«

Während wir noch um den kleinen Tisch in der Eggenburger Bäckerei sitzen und langsam unsere Kaffeehäferln leeren, steht Sepp Tauber im Chefzimmer und erzählt Christian Fuchs von der weiteren Beobachtung Annerl Passers, nämlich, dass sie diese Frau später noch einmal im Rosarium gesehen hat, als sie mit einem großen Mann in grüner Lederjacke gestritten hat.

Inspektor Schreiner reißt energisch die Tür auf und vernimmt grade noch das Wichtigste aus Taubers Bericht.

Schon ist er auf Hundertachtzig!

»Ich war doch in Klein Schiessling bei dieser elenden Tratschen, und sie hat mir nichts davon erzählt? Warum hat sie mir das verschwiegen? Ist sie senil oder boshaft?« Sein Gesicht nimmt eine beängstigende Röte an und seine Hände ballen sich zu Fäusten. »Die kann was erleben, wenn sie hier auftaucht, um das Protokoll zu unterschreiben.«

Der Chefinspektor lächelt. »Beruhig dich, Schreiner! Außerdem haben wir doch vereinbart, dass ich mit ihr reden werde. Du hältst dich im Hintergrund. Noch besser, du bleibst in deinem Zimmer!«

Sepp Tauber senkt den Kopf und unterdrückt einen Lacher. Dieses Häferl, denkt er und stapft kopfschüttelnd aus dem Chefzimmer.

Kapitel 7

Im Dorfwirtshaus geht's hektisch zu!

Nicht nur der Stammtisch ist rappelvoll, sondern auch die beiden Nebentische am Fenster. Laute Stimmen dringen auf die Straße, weil bei diesen sommerlichen Temperaturen die Tür weit offensteht, und übertönen sogar den Lärm der durch Klein Schiessling donnernden, schwer beladenen Lastwagen, die vom nahegelegenen Steinbruch kommend nicht nur Material, sondern auch Staub und Dreck in die Gegend befördern.

Gemeinderat Michael Rieslinger empört sich soeben über die Unfähigkeit der Polizei, die nicht verhindern konnte, eine Adelige vor dem gewaltsamen Tod zu bewahren. Er kannte die Schlossherrin von Kriesenstein persönlich und empfindet ihren Tod als äußerst bedauerlich, hatte er sie doch fallweise, wie auch Günter Uhudler, mit Wein versorgt.

»Und wie hätte sie das machen sollen? Wie hätte die Polizei deren Tod verhindern sollen, ha?«, fragt Gemeinderat Heinrich Silvaner lautstark. »Die kann doch nicht neben jede wichtige Persönlichkeit einen Wachmann zum Schutz abkommandieren. Wie stellst du dir denn das vor, Michael?« Er schnauft. »Da müsste die Polizei das Personal aber ordentlich aufstocken!«

»Na und?«, mischt sich Bürgermeister Alfons Pummerl ein. »Gibt do eh genug Arbeitslose.«

»Wenn man euch so zuhört, könnte man auf den Gedanken kommen, dass eine Adelige mehr wert ist als unsereins.« Hubert Burgunder, der jüngste der Gemeinderäte, meist nur Huaberl genannt, ist empört. Wie kann man nur auf so eine absurde

Idee kommen? Entweder alle Bürger werden geschützt oder niemand. Aber er weiß schon, warum Michael Rieslinger so daherredet.

»Hast Angst, Michael«, fragt er deshalb lachend, »dass du auf deinem Wein sitzen bleibst?«

»Geh, du Klugscheißer!«, spuckt Michael Rieslinger grantig zurück. »Ich hab genug Kunden! Nicht nur in Österreich! Ich liefere genauso nach Deutschland und in die Schweiz.«

»Na also«, antwortet Heinrich Silvaner. »Dann ist ja alles bestens und du kannst die Polizei aus dem Spiel lassen. Aber …«

Er kommt nicht dazu, weiterzureden, weil der Klein Schiesslinger Pfarrer, Miroslav Jankovic, soeben unter der Wirtshaustür auftaucht und sein leicht gerötetes, rundliches Gesicht in die lautstarke Runde hält.

»Gott segne euch«, meint er salbungsvoll und hebt die rechte Hand. Josef Maria Krügerl stürzt sofort ins Extrazimmer, holt einen zusätzlichen Sessel und schiebt ihn zwischen den Dorfboss und Gemeinderat Hubert Burgunder.

»Nehmen S' Platz, Herr Pfarrer. Wie immer, ein Achterl Blauburger?«

Hochwürden blickt Josef Maria Krügerl freundlich an. »Kann auch ein Vierterl sein, lieber Herr Wirt.«

Alter Schmarotzer, denkt Pummerl und rückt etwas zur Seite. Mit den Schwarzröcken hat er es nicht so. Hie und da besucht er zwar das Gotteshaus, aber nicht, weil er gläubig, sondern weil er neugierig ist. In der Kirche erfährt er meist Neuigkeiten und Wissenswertes über seine Dörfler. Und mit diesem Wissen kann er, wenn es denn notwendig sein sollte, auf diese Druck ausüben. So gelingt es ihm leichter, eine Entscheidung durchzusetzen, die sonst zum Scheitern verurteilt wäre.

Josef Maria Krügerl platziert ein gut eingeschenktes Vierterl Blauburger vor Hochwürden, und dankbar hebt dieser segnend seine Hand. Die Wirtin, Frau Krügerl, steht unter der Küchentür und sieht mit zusammengekniffenen Augen zu. Dieser Schnorrer, denkt sie, hat noch nie eine Zeche bezahlt. Wenn ihn keiner der Gäste einlädt, dann macht es Josef Maria. Dafür heimst er dann einen Spezialsegen ein, von dem wir nix haben.

»Was sagen denn Sie, Herr Pfarrer, zu dem Mord an Ludmilla von Kriesenstein?« Gemeinderat Hugo Zechbauer will nun auch ein bisserl zur aktuellen Debatte beitragen. Bis jetzt saß er still am Fenstertisch und hat dem Geplänkel gelauscht. Auch ihm ist die Ermordete seit längerer Zeit bekannt.

Pfarrer Miroslav Jankovic macht zunächst einen Schluck vom Wein, schmatzt genüsslich, dann dreht er sich um.

»Mein lieber Herr Gemeinderat Zechbauer. Was soll ich dazu schon sagen? Gottes Wege sind unergründlich. Auch mir erschließen sich diese nicht immer.« Er hebt sein Glas und prostet Zechbauer zu. »Aber wie heißt es so treffend? Bete und vertraue! Dein Glaube hat dir geholfen!«

»Der alten Kriesenstein aber nicht«, brummt Pummerl. »Vor lauter Beten und Glauben hat's wahrscheinlich den Mörder überhört.«

»Was sagt unser werter Herr Bürgermeister?« Pfarrer Miroslav Jankovic wendet sich freundlich lächelnd nach links.

»Nix, Hochwürden!«

Der Dorfboss schluckt sein Bier hinunter und wischt mit dem Handrücken den Schaum vom Mund. Dann deutet er dem Wirten, Nachschub zu bringen.

Josef Maria Krügerl stellt das frisch Gezapfte vor den Dorfboss und bleibt hinter Pfarrer Miroslav Jankovic stehen, was diesen unbehaglich stimmt. Er ist es nicht gewohnt, seine Schäflein hinter sich, sondern lieber vor sich, noch besser aber unter sich zu wissen. Nur so ist es ihm möglich, genügend Kraft auszuüben und Demut zu erzwingen, die ihm das Gefühl verleiht, göttlichen Glanz in seiner Kirche zu verbreiten. Hat ihm auch die Liesel, seine Köchin, bestätigt. Jedes Mal, wenn sonntags während der heiligen Messe seine Stimme von der Kanzel dröhnt und die gläubigen Dörfler demütig ihre Köpfe zu Boden neigen, ist sie ganz besonders stolz auf ihn und würde am liebsten den Boden unter seinen Füßen küssen. Sie beobachtet und bemuttert ihn auf Schritt und Tritt. Ganz besondere Aufmerksamkeit schenkt sie ihm, wenn er im Beichtstuhl sitzt und den kleinen oder auch großen Sünden lauscht. Dann macht sie sich in seiner Nähe zu schaffen, um nur ja nichts zu verpassen oder zu überhören. Bei der Beichte wird leider so leise gesprochen, dass sie fast nichts hören kann.

»Hat eigentlich von euch jemand eine Ahnung, ob die von Kriesenstein Verwandte hat, die sie beerben könnten?«, platzt es aus dem Wirten plötzlich heraus.

»Wie kommst denn auf so was?«, fragt Michael Rieslinger leicht irritiert. »Wer von uns sollte denn über die Familienverhältnisse dieser Adeligen Bescheid wissen?«

Josef Maria Krügerl zuckt mit den Schultern. »Was weiß denn ich?«

Er dreht sich um und nimmt seinen angestammten Platz hinter der Theke wieder ein, worauf Hochwürden erleichtert schnauft. So fühlt er sich schon viel wohler. Im Augenblick sitzt er zwar mit seinen Klein Schiesslingern auf gleicher Ebene, aber das ist noch immer besser, als sie stehen hinter ihm. Und sobald er sonntags von der Kanzel auf sie herabblickt und der Schall seiner Stimme sich an den Wänden des Gotteshauses bricht, erstarren seine gläubigen Dörfler in Ehrfurcht und sein Ziel ist erreicht.

»Ich hab da einmal gehört«, beginnt Huaberl Burgunder zaghaft, »dass die Ludmilla von Kriesenstein zwei entfernte Verwandte hat, hatte«, verbessert er sich. »Ich glaub, es handelt sich um Neffen, oder so. Zumindest standen die Namen Fridolin und Alexander von Kriesenstein unlängst in der Zeitung. Die zwei sind bei einem illegalen Autorennen erwischt worden, und die Polizei hat sie hopps genommen. Ich glaube, das war in der Steiermark.« Seine Hand streicht über das Vogelnest auf seinem Kopf, ohne es jedoch in Unordnung zu bringen. »Weshalb interessiert dich das, Josef Maria?«

»Na ja«, meint der Wirt und stellt das Weinglas, das er soeben auf Hochglanz poliert hat, ruckartig auf die Theke zurück. »Es wär halt schon wichtig, wenn man das wüsste. Weil Erben«, meint er nachdenklich und vertieft seine Stirnfalte, was allerdings in seinem rundlichen Gesicht nicht weiter auffällt, »hätten ein handfestes Motiv für einen Mord.«

Bei diesem Satz taucht der Winzer Günter Uhudler im Gastraum auf. Unbemerkt hat er sich die paar Stufen hochgerappelt und steht jetzt vor der Theke.

»Was hast du da grad g'sagt, Josef Maria? Du suchst ein Motiv für den Mord an Ludmilla von Kriesenstein?« Er stopft beide Hände in die Hosentaschen und fixiert den Wirten nicht gerade freundlich. »Hast vielleicht selber eins, ha?«

Verdattert blickt der Angesprochene um sich. »Ich? Wieso ich? Wie kommst denn auf sowas, Günter? Ich hab doch mit der nix zu schaffen g'habt.«

»Aha«, antwortet der Winzer gedehnt. »Und wie kommt es dann, dass sie ein Foto von dir auf dem Kaminsims stehen hat?«

Nun wird der Wirtin das Gespräch zu dumm. Sie schießt aus ihrer Küche und pflanzt sich vor Günter Uhudler auf. »Was willst du da meinem Josef Maria anhängen? Du … du …«

Gemeinderat Heinrich Silvaner springt vom Sessel und stellt sich zwischen die beiden. Er will eine Eskalation vermeiden, was ihm jedoch nur zur Hälfte gelingt, weil Oberjägermeister Hans Sachenberger nun die Wirtsstube betritt und augenblicklich Öl ins Feuer gießt.

»Ich hab dich gesehen, Günter, wie du vor ein paar Tagen Schloss Kriesenstein verlassen hast. Die Schlossherrin hat dir nach gewunken, und das war nicht gerade platonisch.«

Hektisch dreht sich Günter um und schreit: »Und was hast du dort zu suchen gehabt? Wenn du mich gesehen hast, musst du ja selber dort gewesen sein. Oder?«

»Meine Herren, meine Herren!« Hochwürden hebt beschwichtigend beide Hände und will Frieden schlichten, was allerdings nicht mehr notwendig ist.

»Hockts euch hin und gebts a Ruh!«, brummt Pummerl, was mehr Gewicht hat als das salbungsvolle »meine Herren, meine Herren«.

Der Dorfboss weiß besser, wie er mit seinen Dörflern umgehen muss, damit diese die Klappe halten. Er braucht Ruhe und Frieden unter den Klein Schiesslingern, nur so kann er ungestört seine Intrigen spinnen.

Josef Maria kommt schleppend aus dem Extrazimmer mit zwei zusätzlichen Sitzgelegenheiten und die beiden Streithähne lassen sich verächtlich schnaufend darauf fallen.

Und nachdem der Winzer und auch der Oberjägermeister je ein Achterl Grünen Veltliner vor sich stehen haben, prosten sie sich zu und alles ist »Liebe, Wonne, Waschtrog«.

Mit ein paar Flaschen Grünen Veltliner könnte, wie man sieht, einfacher und billiger Frieden geschlossen werden als mit Donner und Kanonen!

Aber – mich fragt ja keiner!

Kapitel 8

»Die Badener Kollegen haben mit den Anrainern von Adele von Hofmeister gesprochen und bestätigt bekommen, was auch Annerl Passer aus dem Bus beobachten konnte. Nur ist den Nachbarn die Pflegerin Maria Rehak bekannt und aus diesem Grund haben sie sich nichts dabei gedacht, als diese ein zweites Mal in die Villa zurückgekehrt ist. Was mir plausibel erscheint.«

Chefinspektor Christian Fuchs hebt die Schultern, lehnt sich in seinem Sessel zurück, schlägt die Beine übereinander und fixiert Julius Schreiner. Dieser stöhnt auf und nickt.

»Was hätten sich die Nachbarn auch dabei denken sollen, Chef? Diese Rehak ging doch ständig bei Adele von Hofmeister ein und aus.« Er wendet sich kurz dem offenen Fenster zu und murmelt. »Haben die Kollegen in Baden nachgeforscht, ob es Verwandte gibt, welche auf ein Erbe aus sind? Meiner Meinung nach ist und bleibt Geld das einzige Motiv, dem man nachgehen muss.«

Christian Fuchs zeigt sich skeptisch.

»Nicht immer, Schreiner. Es könnte ebenso gut etwas ganz anderes dahinterstecken. Und bei unserem Fall bin ich mir nicht sicher, ob die Verwandtschaft Ludmilla von Kriesenstein ihres Vermögens wegen ermordet hat.«

Schreiner fixiert seinen Chef, schließt dann die Augen und presst die Lippen zu einem Strich zusammen. Seiner Ansicht nach ist der auslösende Faktor nur Geld. Und nichts anderes! Die unbeschreibliche Gier der Menschen begegnet ihm in seinem Beruf auf Schritt und Tritt. Deshalb gibt es für ihn keinen triftigeren Grund, jemanden umzubringen. Das verklickert er seinem Chef, doch dieser hebt abwehrend beide Hände.

»Auch wenn du recht hast, Schreiner, müssen wir trotzdem in alle Richtungen ermitteln. Und dazu gehört auch, nach etwaigen anderen Motiven außer Geld zu suchen. Laut Auskunft der Badener Kollegen verfügte Adele von Hofmeister über ein kleines Vermögen, jedoch über Ludmilla von Kriesenstein wissen wir noch zu wenig.

»Vielleicht hatte sie ja ihr Geld beizeiten ins Ausland transferiert? Auf ein Schweizer Konto oder auf die Cayman Inseln?«

»In ihren Unterlagen wurden keine Aufzeichnungen über diverse Transaktionen gefunden.« Fuchs legt den Akt beiseite und mustert Schreiner.

»Wie schauts denn überhaupt mit Erben aus? Laut unseren Ermittlungen gibt es zwei Neffen. Fridolin und Alexander. Es sind die Söhne ihres verstorbenen Bruders Maximilian von Kriesenstein. Sie selbst war ja nie verheiratet.«

»Diesbezüglich ergab meiner Recherche, Chef, dass Ludmilla von Kriesenstein nach dem Tod der Eltern das Schloss samt Park, einige Grundstücke im Waldviertel sowie eine monatliche Rente zugesprochen bekam, und ihr Bruder Aktien in beträchtlicher Höhe sowie etliche Ländereien in der Steiermark. Als Maximilian von Kriesenstein vor zwei Jahren starb, fiel ein geringer Teil, den er im Laufe der Zeit erwirtschaftet hatte, an seine beiden Söhne, der Rest des Vermögens ging jedoch laut Testament der Eltern an seine Schwester Ludmilla von Kriesenstein.«

Schreiner legt sein Notizbuch auf den Tisch und lehnt sich zurück. »Und erst nach dem Tod von Ludmilla von Kriesenstein«, setzt er fort, »gehen sämtliche noch vorhandenen Besitztümer an Fridolin und Alexander von Kriesenstein über. Also hätten die beiden einen guten Grund gehabt, ihre Tante umzubringen, um an das Erbe heranzukommen.«

Christian Fuchs bleibt skeptisch.

»Mag sein. Das klingt alles sehr schön, doch dürfen wir trotzdem andere Motive nicht außer Acht lassen.« Er zieht die Stirn in Falten und streicht über seine leicht ergrauten Schläfen. »Wo befindet sich das Geld deiner Meinung nach jetzt? Bei der Durchsuchung des Schlosses wurde nichts gefunden. Keine Kontoauszüge, kein Safe, nichts.«

»Vielleicht hat sie es in einem Bankschließfach aufgehoben.«

Christian Fuchs kann Schreiner nicht überzeugen, dass es ein anderes Motiv außer Geld geben könnte.

»Wurde denn ein diesbezüglicher Safe-Schlüssel gefunden? Oder konntest du eine Bank ausfindig machen, bei der die Kriesenstein einen Safe besitzt?«

»Bis jetzt noch nicht. Aber Tauber und Bauer sind dran.«

»Dann würde ich sagen, warten wir ab, was die beiden aus dem Hut zaubern.« Er steht auf und gibt Schreiner damit zu verstehen, dass das Gespräch vorerst beendet ist. Ehe kein weiterer Anhaltspunkt auftaucht, der ihre Köpfe erleuchtet, hat es wenig Sinn, zu mutmaßen.

Nachdem Julius Schreiner das Zimmer verlassen hat, sinkt Christian Fuchs tiefer in seinen Sessel, greift nicht in die unterste Schublade, sondern zum Telefon und lässt sich von der unsympathischen Stimme der Sekretärin mit Oberministerialrat Dr. Dr. Wolfgang Pfeiffenhuber, seinem unmittelbaren Vorgesetzten im Ministerium, verbinden.

»Kollega! Was gibt's Neues im schönen Waldviertel?«, dröhnt es aus der Leitung.

Christian Fuchs informiert den Doppeldoktor kurz über die beiden Mordfälle und gibt zu bedenken, dass möglicherweise die Aussicht auf ein beträchtliches Erbe der Auslöser dafür gewesen sein könnte. Ausnahmsweise schließt er sich damit Schreiners Ansicht an, dafür braucht er aber Hilfe. Dr. Dr. Wolfgang Pfeiffenhuber hat bessere Möglichkeiten, so heikle Dinge in Erfahrung zu bringen, als er.

»Glauben Sie, dass der Mordfall in Baden mit Ihrem im Waldviertel zusammenhängt?«

Am liebsten hätte Christian Fuchs geantwortet, dass er nicht unter die Hellseher gegangen und seine Glaskugel im Moment nicht greifbar ist, unterlässt es aber.

»Für uns liegt es auf der Hand, Herr Oberministerialrat«, wendet er zweifelnd ein. »Auch die Kollegen in Baden glauben, dass eine Verbindung zwischen dem Mord an Adele von Hofmeister und dem an Ludmilla von Kriesenstein bestehen könnte.«

Könnte! Könnte! Dieses Wort lässt ihm die Grausbirn aufsteigen. Er liebt generell keine Möglichkeitsformen, und in seinen Fällen schon gar nicht.

Ein »Hm«, dann Stille am Drahtende. Nach einer Weile fragt der Herr Oberministerialrat: »Und wie kann ich helfen?«

Erleichtert seufzt Christian Fuchs. Endlich hat er begriffen, warum er ihn angerufen hat.

»Wir bräuchten Auskunft über die Vermögensverhältnisse der ermordeten Ludmilla von Kriesenstein. Geldtransaktionen, Auslandskonten und dergleichen. Da kommen doch Sie, Herr Oberministerialrat, besser ran als wir.«

»Da haben S' ganz recht, Kollega.«

Christian Fuchs hört Papierrascheln. »Wir kümmern uns drum!«

»Danke …«

Aufgelegt.

Wie immer!

Von höflicher Verabschiedung hält man im Ministerium offensichtlich nichts, wahrscheinlich ist man dafür viel zu sehr beschäftigt.

In Erwartung der versprochenen ministeriellen Hilfe steht Christian Fuchs auf und geht ans Fenster. Sein Blick schweift über den regen Verkehr auf der Horner Bundesstraße, dabei driften seine Gedanken ab und enden in einem Wirrwarr von Vermutungen. Was ist, überlegt er, wenn diese beiden Fälle überhaupt nichts miteinander zu tun haben? Jagen wir womöglich einem Phantom hinterher? Sollten die sich ähnelnden Todesfälle rein zufällig fast zur selben Zeit passiert sein? Er seufzt und hebt die Schultern. Nein! An solche Zufälle glaubt er nicht! Sein Gespür hat ihn bisher noch nie betrogen und tut es auch diesmal nicht. Da ist er sich ganz sicher. Mit hochgezogenen Auenbrauen und gerunzelter Stirn verfolgt er die Autos, die unter seinem Fenster mit Gebrumme und Getöse vorbeirauschen, bei der Ampel kurz anhalten, um gleich darauf bei der nächsten Grünphase wieder loszupreschen. Eine Weile sieht er diesen hupenden und stinkenden Blechschlangen zu, dann dreht er sich schwer atmend vom Fenster weg und peilt seinen mit Aktenordnern übersäten Schreibtisch an. Entweder diese beiden Fälle hängen zusammen oder nicht. So oder so bleibt es seine Aufgabe, den Mord an Ludmilla von Kriesenstein aufzuklären.

Und was böte sich da besser an als diese beiden Neffen, welche der Polizei bereits durch ihr Verhalten negativ aufgefallen sind?

»Schreiner!«

Der Inspektor hört den Ruf seines Chefs, weil alle Bürotüren während der Sommermonate offenstehen, und flitzt los.

»Chef?«

»Setz dich!« Er räuspert sich kurz. »Wir bekommen Hilfe vom Ministerium und …«

Empört über die Zumutung, nicht allein mit diesem Fall fertig werden zu können, springt Schreiner auf. »Die brauchen wir nicht, Chef! Wir brauchen keine Hilfe, wir können …«

»Hör mir zu!«, unterbricht Christian Fuchs seinen Inspektor und sieht ihn tadelnd an. »Wir bekommen ministerielle Hilfe in Form von Informationen über etwaige Geldtransaktionen und Kontenbewegungen unseres Mordopfers.«

Erleichtert lässt sich Schreiner wieder zurückfallen. »Ich dachte schon, die schicken uns einen Klugscheißer, der sich überall einmischt.«

Christian Fuchs schüttelt den Kopf, neigt sich über den Schreibtisch und ergreift einen Aktenordner.

»Während wir auf die Auskünfte vom Ministerium warten, was einige Zeit dauern kann, sollten wir die beiden Neffen Fridolin und Alexander von Kriesenstein her zitieren. Es wäre ohne weiteres möglich, dass wir mit den beiden unsere Täter haben, oder zumindest einen Schritt weiterkommen.«

»Sag ich doch die ganze Zeit, Chef!«

Gottergeben nickt der Chefinspektor.

»Lass dir ihre derzeitigen Adressen raussuchen und lade sie vor.«

Sepp Tauber und seine Kollegin Angela Bauer klappern die Horner Banken und Sparkassen ab, um Auskünfte über die Vermögensverhältnisse der Toten zu erhalten, in erster Linie aber um in Erfahrung zu bringen, ob Ludmilla von Kriesenstein in einem der Institute einen Safe besitzt.

»Wenn sie Geld auf der hohen Kante gehabt hätte, Sepp, hätte sie doch das Schloss mitsamt dem Park sanieren lassen.«

»Nicht unbedingt, Angela.« Tauber gibt sich skeptisch. »Geld als Sicherheitspolster war ihr vielleicht wichtiger als ein renoviertes Gebäude, das ihre Erben sofort verscherbelt hätten.« Er nimmt sein Kapperl vom Kopf und wuschelt mit der Hand durch die kurzgeschnittenen Haare. »Vielleicht wollte sie damit ihren beiden missratenen Neffen keine Güter in die Hände spielen, weil die sofort alles veräußert hätten, um damit ihre illegalen Autorennen zu finanzieren. Für ein verfallenes Schloss und einen verwahrlosten Park bekommen sie nix!« Sepp Tauber lacht schadenfroh, doch Angela bleibt skeptisch.

»Als Erben hätten die beiden doch auch das Bargeld bekommen. Oder hat sie das jemand anderem vermacht? Vielleicht einer wohltätigen Organisation?«

»Was weiß denn ich, Angela. In diesen Kreisen kenn ich mich nicht aus. Und obendrein ist es mir auch egal, was die mit ihrem Geld machen.«

Sie stapfen weiter von Geldinstitut zu Geldinstitut, werden aber nicht fündig. Ludmilla von Kriesenstein hat in keinem dieser Institute weder Geld gehortet noch einen Safe angemietet.

»Warum fragt der Chef nicht den Familienanwalt? Der müsste doch darüber Bescheid wissen?«, wundert sich Sepp Tauber.

»Christoph Paragraf ist schon ein alter Datterer, leidet unter Alzheimer und sein Sohn Albrecht ist eben erst dabei, die Kanzlei zu übernehmen. Der hatte noch keine Zeit, sich mit der Hinterlassenschaft Ludmilla von Kriesensteins zu befassen.«

»Und woher weißt du das?«

»Stand doch groß in der Zeitung! Gleich nach dem Ableben von Ludmilla von Kriesenstein hat sich ein Journalist damit beschäftigt. Du weißt doch, wie neugierig die alle sind.«

Aha!

»Übrigens«, fragt Angela Bauer, »ganz was anderes. Geht unser Chef nicht irgendwann auf Urlaub?«

»Doch. Der Schreiner hat erwähnt, dass er bald in den Flieger steigen und nach Mallorca düsen wird. Dort lässt er sich die Sonne auf den Bauch scheinen und wir können uns da die Haxen ausreißen.«

Angela Bauer lacht. »Neidisch?«

»Nein, Angela. Ich finde nur, solange der Fall nicht abgeschlossen ist, sollte der Chef schon dableiben und nicht den Schreiner belasten, der damit überfordert ist.«

Er verlässt durch die doppelte Flügeltür die letzte Bank auf seiner Liste. Die Tür schließt sich automatisch hinter Angela, die ihm auf den Fersen folgt. Dann peilen sie ihren Dienstwagen an und fahren unverrichteter Dinge zurück zur Dienststelle.

Kapitel 9

Ich parke mein Auto auf dem großen Parkplatz vor der Rosenburg, die ihren Namen dem Ritter Gozwin de Rosenberg verdankt.

Das heutige Renaissance-Schloss geht aus einer mittelalterlichen Burg hervor und liegt, weithin sichtbar, hoch über dem Kamptal. Im ältesten erhaltenen Turnierhof Europas erstreckt sich heute auf der Westseite eine einhundertzwanzig Meter lange Kletterrosenwand mit einer eigens für die Rosenburg gezüchteten, wunderschönen roten Rose. Einen riesigen Strauß ebendieser Rose ließ der Senioranwalt Dr. Christoph Paragraf Ludmilla von Kriesenstein auf das Grab legen.

Es ist früher Vormittag und deshalb sind wenige Besucher zu sehen. Gegen Mittag schauts dann schon ganz anders aus. Deshalb habe ich darauf gedrängt, zeitig in der Früh aufzubrechen.

Berta Pitzer springt aus dem Wagen, öffnet die hintere Tür und hilft Annerl Passer, die unbedingt mitwollte, vom Sitz.

»Ist schon ganz schön heiß«, meint diese und streicht ihren schwarzen Rock glatt. »Schwitzt du auch so, Berta?«

»Noch nicht, Annerl, aber ganz bestimmt bald.«

Ich lotse die beiden, nachdem ich die Eintrittsgebühr bezahlt habe, durch den Eingang.

Wir durchschreiten einen Torbogen und vor uns öffnet sich eine riesige Rasenfläche, ringsum von hohen, alten Mauern umgeben, an denen in üppiger Fülle rote Rosen emporwachsen, die den Namen »Rosenburg« tragen.

Die Sonne meint es gut mit uns. Kein Wölkchen ist zu sehen und wir sind augenblicklich von betörendem Duft umgeben. Bewundernd folgen wir dem geschotterten Weg entlang der Rosenpracht, während der Kies unter unseren Füßen laut knirscht. Auf der rechten Seite befindet sich in der Mauer eine Öffnung, durch die man beim Hindurchschreiten in einen burgähnlichen Turnierhof gelangt, in dem die bekannte Falknerei ihre Vorführungen präsentiert.

Erbarmungslos knallt die Sonne herunter und mir wird heiß.

Als wir endlich im ummauerten Schaugarten David Austins mit seinen zahlreichen Rosenzüchtungen angekommen sind, atmen wir auf. Hier ist es schattig und angenehm kühl, zumindest so lange, bis mittags die Sonne senkrecht steht und ihre Strahlen den geschotterten Weg erreichen.

»Da schau, Berta«, ich deute nach rechts. »Da hast du deine *Bobby James*.«

Berta geht näher an die Mauer ran und liest die angebrachte Tafel. »Tatsächlich! Da steht *Bobby James*.«

Sie dreht sich um. »Du hast recht, Sandra. Die ist wirklich zu groß für meinen Garten. Die wuchert mir ja übers Haus!«

»Du findest sicher eine andere Rose für deine Pergola«, tröste ich sie. »Wir könnten anschließend in die große Gärtnerei bei Horn schauen.«

»Ja! Da wollt ich schon immer amal hin.«

Unsere Dorftratschen zückt ein Taschentuch und wischt sich die Schweißtropfen von ihrer Stirn. »Weil dort gibt's ja nicht nur Rosen, sondern auch andere Blumen für den Garten.«

»Aber ehe wir die Gärtnerei aufsuchen«, wende ich ein, »würde ich mir gern das Schloss Kriesenstein anschauen. Es ist zwar ein kleiner Umweg, aber vielleicht wird es interessant.«

Durch Annerl geht ein Ruck und Berta wirft mir einen lauernden Blick zu. »Glaubst du, dass wir etwas finden, was den Mord an Ludmilla von Kriesenstein aufklärt?«

Ich zucke mit den Achseln. »Vielleicht, vielleicht auch nicht? Ich wollte schon vor längerer Zeit einmal dorthin. Lange ehe die Schlossherrin ermordet wurde.«

»Und warum?«

»Ich kann's nicht sagen, Berta. Es war so eine Eingebung.«

»Deine Eingebungen kenn ich«, gibt Annerl ihren Senf dazu. »Wenn die Sandra so eine Eingebung hat«, wendet sie sich an Berta, »passiert meistens was Schreckliches und wir ham Arbeit.«

Das Schloss Kriesenstein breitet sich in einer Senke vor uns aus. Der Eindruck, es sei von dichten Wäldern umschlossen, täuscht. Kommt man näher, die Straße windet sich in sanften Kehren bergab, erkennt man inmitten einer großen Freifläche ein mächtiges Gebäude mit zahlreichen Türmen und Erkern, umgeben von einer parkähnlichen Anlage.

»Schau, wie schön!« Berta ist begeistert und deutet auf den gemauerten Eingang, auf den wir langsam zurollen. Rechts vor dem offenen Torbogen bietet sich eine schattige Rasenfläche zum Parken an. Wie es scheint, sind wir die einzigen Besucher.

Ich stelle den Motor ab, wir steigen aus und schreiten ehrfürchtig auf den Torbogen zu.

Aus der Nähe betrachtet erkennt man, dass das Gestein abzubröckeln beginnt und sogar größere Brocken vor uns auf dem Weg liegen, denen die Vegetation bereits sehr nahe gerückt ist. Ich will zu dieser Vegetation nicht Unkraut sagen, weil für mich Unkraut Pflanzen sind, die ohne Pflege und Betreuung herrlich und von selbst wachsen. Leider denken nicht viele Menschen wie ich.

»Stolper nicht über die Steine, Annerl!« Ich bleibe stehen und warte auf die beiden, die vor lauter Schlossbetrachtung den Weg unter ihren Füßen vernachlässigen.

»Schau doch!« Berta deutet mit dem ausgestreckten Arm auf einen der vielen Erker. »Wie schön das ist. Und«, sie dreht sich zur Seite, »der Brunnen da drüben!«

Ich nicke und strebe darauf zu, doch beim Näherkommen bin ich enttäuscht. Der einstmals mächtige Steinbrunnen mit einer Statue in der Mitte enthält kein Wasser, ist ausgetrocknet und, wie der Weg hierher, zugewachsen.

»Des schaut ja nur aus der Ferne schön aus. Aus der Nähe ist alles hin!«

Berta und ich können Annerl nur beipflichten. Sogar die einstmals rot-weiß gestrichenen Fensterläden zeigen sich in undefinierbarem graubraun, hängen zum Teil schief aus den Angeln und viele Fensterscheiben sind eingeschlagen. Das einzig Schöne, das mir auffällt, ist eine mächtige Eiche, deren Äste fast bis zu den Fenstern reichen. Ein Eichkätzchen sprintet vor unseren Füßen über den Weg und ist augenblicklich in der dichten Baumkrone verschwunden. »Schade«, meine ich enttäuscht. »Ich hab mir das Schloss in einem viel besseren Zustand vorgestellt. Das zu renovieren würde sicher Millionen verschlingen.«

Wir schlendern weiter, bis Annerl erstaunt auf eine Stelle im Schotterweg deutet, die ein paar dunkle Flecken aufweist. Berta beugt sich hinunter.

»Ist die Ludmilla von Kriesenstein da erschlagen worden?«

»Schon möglich.« Ich hebe die Schultern und lasse sie wieder fallen. Und obwohl ich mir ziemlich sicher bin, dass Schreiner mit seiner Truppe die Gegend gründlich abgesucht hat, nehme ich diese Fläche genau unter die Lupe. Man weiß ja nie. Vorsichtig schreite ich, von Annerl und Berta dicht gefolgt, die Umgebung ab. Ein Raubvogel schwebt lautlos mit ausgebreiteten Schwingen über uns hinweg und landet auf einem der Türme. Leise raschelt der Wind in den entfernten Baumkronen, sonst ist es still.

»Da schauts her!« Annerl schreit plötzlich und bleibt abrupt stehen. Sie beginnt, mit dem Fuß im Kies zu scheren, wobei sie mit dem Schuh einen der dunklen Flecken umdreht.

»Da liegt was!«

Sie will sich bücken, um es aufzuheben, doch ich bin schneller.

»Stopp!«, rufe ich. »Vielleicht ist es wichtig.«

Ich eile darauf zu, bücke mich, und ohne Annerls Fund zu berühren, erkenne ich etwas Glitzerndes. Berta beugt sich über meine Schulter, um das Ding ebenfalls in Augenschein zu nehmen.

»Funkelt wie ein Diamant«, meint sie. »Könnte aus einem Schmuckstück stammen.«

Tief gebückt betrachte ich den winzigen Stein und bin skeptisch. Wahrscheinlich handelt es sich um ein Stückchen Glas. Ich begebe mich wieder in die Senkrechte und streiche mit der Hand über mein Kreuz, das leicht schmerzt.

»Ist das ein Diamant?« Berta sieht mich fragend an.

»Hast du ein Sackerl, oder ein sauberes Taschentuch«, antworte ich, ohne auf ihre Frage einzugehen, »in das wir den Fund packen können?«

Eifrig beginnt sie, in ihrer Handtasche zu kramen, doch Annerl ist schneller. Sie zieht ein Taschentuch aus ihrem Rock und reicht es mir. Behutsam hebe ich den Fund mit dem Taschentuch auf, der nur auf der einen Seite funkelt, auf der anderen klebt eine dunkle Masse.

»Könnte ein Diamant, besser gesagt, ein Brillant sein, weil er geschliffen aussieht.«

»Und was ist das für ein dunkler Batzen auf der Seite?«

»Ich vermute, es handelt sich um einen Erdklumpen oder um getrocknetes Blut.«

Berta schauderts.

»Stammt das Ding aus einem Ring?«, will Annerl wissen. Sie lässt die Möglichkeit, dass es sich um Blut handeln könnte, unberührt.

Ich überlege.

»Wenn es sich tatsächlich um einen Edelstein handelt, könnte er aus jedem möglichen Schmuckstück gefallen sein. Aus einem Ring, einem Anhänger, einer Brosche, einem Manschettenknopf oder aus einem Ohrring.« Vorsichtig, um keine möglichen Spuren zu verwischen, verstaue ich Annerls Tuch samt Inhalt in meiner Handtasche. Annerl dreht noch eine Weile den Boden unter ihren Füßen um, kann aber nichts weiter finden. Ihr Interesse lässt nach und gemeinsam schlendern wir weiter auf den Schlosseingang zu. Annerl rüttelt an der schmiedeeisernen Türschnalle in Form eines Löwenkopfes, welche sich zwar klappernd bewegen lässt, jedoch fest verschlossen bleibt.

»Schade«, bedauert Berta. »Vielleicht hätte uns die Besichtigung des Schlosses Erkenntnisse zum Mord an der Schlossherrin gebracht.«

»Sei froh«, stellt Annerl lachend fest. »Vielleicht wär uns ein loser Balken auf den Kopf donnert oder uns hätt das Schlossgespenst verscheucht.«

Unsere nächste Station, die Gärtnerei, entschädigt uns für eine entgangene Führung durch Schloss Kriesenstein.

Das weitläufige Areal ist die reinste Augenweide. Rosen, Stauden, Sommerblumen, Sträucher und Bäume fädeln sich vor unseren Blicken auf, sodass man gar nicht weiß, wohin man zuerst schauen soll.

Berta stürmt natürlich, wie könnte es anders sein, direkt auf das Rosenangebot zu, während Annerl und ich die zahlreichen bunten Stauden in Augenschein nehmen. Eine gute Stunde stapfen wir durch die Angebote, bis Berta endlich mit einem Einkaufswagerl angerollt kommt und über die gesamte Gesichtsbreite grinst, während ihre rot gefärbten Haare in der Sonne leuchten. In letzter Zeit lässt sie sich ihre mittelbraunen Haare regelmäßig mahagonirot färben und ich muss sagen, es steht ihr hervorragend.

»Und?«, frage ich und muss lächeln. »Wie heißt deine Errungenschaft?«

»Bobby James«, antwortet sie lachend, schiebt ihren Einkaufswagen näher an uns ran und deutet stolz auf eine weiß blühende Rose.

Ungläubig schüttle ich den Kopf und Annerl mustert Berta neugierig.

»Ich dachte, die wird dir zu groß?«

»Nein«, meint sie. »Die Gärtnerin hat gesagt, ich kann sie notfalls ein bisserl stutzen. Auf der Rosenburg lassen sie die Pflanzen in den Himmel wachsen, deshalb war sie dort so hoch.«

»Verstehe!« Froh darüber, dass Berta ihre »Bobby James« doch noch bekommen hat, klopfe ich ihr auf die Schulter und wünsche ihr viel Freude mit der Rose, die nicht nur wunderschön aussieht, sondern auch herrlich duftet und ein gesundes Blattwerk besitzt.

»Und dir hab ich auch was mitbracht, Annerl.« Sie greift in ihren Einkaufswagen und hievt einen tiefen Topf mit einer Rose heraus. »Dir hat doch in Baden diese *Julie Eyes* so gut gefallen«, erwähnt sie stolz. »Hier, die ist für dich.«

»Für mich?« Annerl reißt erstaunt die Augen auf. »Wieso denn für mich?« Sie kann es nicht fassen und vor Rührung kullert ihr eine Träne über die Wange. »Die ist wirklich für mich?« Dann nimmt sie den Topf, den ihr Berta feierlich reicht, in beide Hände, hebt ihn hoch, betrachtet ihn von allen Seiten und schnuppert an den reizenden Blüten, die in sonnigen Farben von Gelb über Orange bis Rosa strahlen. »Die ist aber schön! Danke, Berta.«

Berta freut sich über die gelungene Überraschung, dann betrachtet sie kritisch unser Einkaufswagerl. »Ihr wards aber auch ganz schön fleißig.«

Sie registriert mehrere Töpfe mit tiefblauem Rittersporn, Katzenminze sowie intensiv duftendem Lavendel. »Na, da könnt ihr aber ordentlich garteln!« Sie lacht und umarmt Annerl, die sich mit dem Handrücken über die Augen wischt.

Vollbeladen stapfen wir zum Auto und ich bemühe mich, unseren blühenden Einkauf schadlos zu verstauen. Denn nicht nur Annerl und Berta wurden von der Einkaufswut infiziert, auch ich konnte einem großen Topf mit der weißer Echinacea »White Swan« nicht widerstehen.

Kapitel 10

»Nehmen Sie Platz!«

Chefinspektor Christian Fuchs deutet auf zwei Sessel vor seinem Schreibtisch, Schreiner zieht sich einen dritten heran und lässt sich seufzend darauf fallen.

Alexander und Fridolin von Kriesenstein, beide etwa einen Meter achtzig groß, längliches, blasses Gesicht mit hohen Wangenknochen und dunklen Augen, ist anzusehen, dass sie sich in ihrer Haut nicht sonderlich wohlfühlen. Ihre Augen bewegen sich unstet hin und her, Fridolins Hände sind ineinander verkrampft, Alexander hingegen presst seine verschränkten Arme gegen die Brust.

Er ist ganz in Schwarz gekleidet. Mit Edeljeans, Kurzarmhemd und Sneakers, während Fridolin, sein älterer Bruder, eine hellbeige Sommerhose mit weißem T-Shirt trägt. An ihren Handgelenken protzen goldene Armbanduhren, die sowohl Julius Schreiner als auch Christian Fuchs der obersten Preiskategorie zuordnen.

»Was wollen Sie von uns?«, blafft Fridolin von Kriesenstein. »Wir protestieren gegen diese Behandlung! Was denken Sie eigentlich, wen Sie vor sich haben? Lassen uns von zwei Polizisten wie Schwerverbrecher abschleppen! Grundlos abschleppen!«

Nachdem er sich künstlich aufgepudelt hat, streicht er bedächtig seine helle Hose glatt und wirft Christian Fuchs einen verärgerten Blick zu, was Schreiner veranlasst, beide Hände schon einmal vorsorglich zu Fäusten zu ballen, um im Notfall kräftig damit auf den Tisch hauen zu können.

»Nur schön langsam, meine Herren!«

Christian Fuchs beugt sich über die Tischplatte und fixiert die zwei. Trotz ihres Alters, laut Personalakte ist Alexander knapp unter vierzig, während Fridolin auf die fünfundvierzig zugeht, benehmen sie sich wie Jugendliche im Flegelalter. Wahrscheinlich gehört es zum alten Landadel, dass die Seriosität mit der älteren Generation ausstirbt, um der ungehobelten jüngeren Generation Platz zu machen.

»Erst einmal möchten wir Ihnen unser tiefempfundenes Beileid zum Verlust Ihrer Tante Ludmilla von Kriesenstein aussprechen.«

Auf Christian Fuchs' Beileidsbekundung entweicht ein erleichtertes Aufatmen.

»Trotzdem«, setzt der Chefinspektor fort, »sind wir gezwungen, Sie nach Ihren Alibis zu fragen.«

»Was erlauben Sie sich?«, braust nun Alexander von Kriesenstein auf und springt vom Sessel. »Wie können Sie es wagen? Wozu brauchen Sie unsere Alibis? Wollen Sie uns vielleicht des Mordes an unserer geliebten Tante bezichtigen?«

»Reine Formsache«, entgegnet Christian Fuchs gelassen und mustert ihn neugierig.

»Formsache! Formsache!«, sagt Fridolin gereizt. »Als unsere Tante Opfer eines Gewaltverbrechens wurde, haben wir beide uns in der Steiermark aufgehalten und waren damit wahrlich nicht einmal in der Nähe des Familienanwesens.«

Inspektor Schreiner entspannt seine Fäuste, macht sich Notizen über diese Aussage, um sie später überprüfen zu können, und blickt fragend den Chefinspektor an, der unmerklich seine Schultern hebt.

Das Läuten des Telefons erlöst Christian Fuchs von einer Antwort. Er greift zum Apparat, und noch ehe er sich melden kann, dröhnt die Stimme von Oberministerialrat Dr. Dr. Wolfgang Pfeiffenhuber durch den Draht.

»Kollega! Meine Leute sind fündig geworden!« Christian Fuchs hält, lautstärkebedingt, den Hörer etwas vom Ohr weg. »Ihr Mordopfer besitzt tatsächlich auf einem Schweizer Konto einen kleinen Millionenbetrag sowie in einem Banksafe wertvolle Aktien in beträchtlicher Höhe.«

Nach einem stummen Blickwechsel mit Julius Schreiner bedankt er sich höflich und bittet, ihm die Unterlagen zu mailen. Dann wendet er sich den beiden Neffen zu.

»Da uns eine testamentarische Verfügung bisher noch nicht bekannt ist, müssen wir davon ausgehen, dass Sie beide das gesamte Vermögen Ihrer Tante Ludmilla von Kriesenstein erben werden.«

»Das aus einem verfallenen Schloss und einem verwahrlosten Park besteht. Wenn Sie sonst nichts gegen uns in der Hand haben, dürfen wir uns jetzt verabschieden.«

Fridolin von Kriesenstein setzt sich kerzengerade auf, wirft einen Blick auf seine Statussymbol-Uhr und nickt Alexander zu. Beide erheben sich und eilen auf den Ausgang zu.

»Glauben Sie wirklich«, fragt höhnisch lachend Alexander von Kriesenstein, der kurz den Kopf wendet, während er hinter seinem Bruder zur Tür stürzt, »dass wir deswegen einen Mord begangen haben?«

»Halt! Kommen Sie zurück!«, plärrt Schreiner und springt auf. »Wir sind noch nicht fertig!«

Etwas unsicher drehen sich die zwei um und nehmen zögernd ihre Sitze wieder ein, während sie Schreiner und Fuchs verärgert mustern.

»Ihr Erbe besteht keinesfalls aus einem verfallenen Schloss und einem verwahrlosten Park«, merkt Christian Fuchs süffisant an und grinst. »Wie ich soeben erfahren habe, erben Sie einen Geldbetrag in Millionenhöhe inklusive gewinnbringender Aktien.«

Er lässt die beiden nicht aus den Augen.

»Sie scheinen nicht sonderlich überrascht zu sein«, stellt Julius Schreiner fest. »Anscheinend wussten Sie davon und haben deshalb Ihre Tante erschlagen.«

Während Alexander den Kopf hängen lässt, begehrt Fridolin auf: »Was fällt Ihnen ein, solche Behauptungen aufzustellen? Von jetzt an sprechen wir nur noch im Beisein unseres Anwalts mit Ihnen.« Er lehnt sich provokant zurück, schlägt die Beine übereinander, wischt ein nicht vorhandenes Flankerl von seiner Hose und ignoriert die beiden Inspektoren. Schreiner schiebt ihm das Telefon über den Tisch. »Hier! Rufen Sie an!«

Er weiß, dass sich der alte Familienanwalt, krankheitsbedingt, nicht mehr um seine Klientel kümmern kann und sein Sohn, Albrecht Paragraf, welcher die Kanzlei übernehmen soll, sich erst einarbeiten muss.

Das ist auch den beiden Neffen bekannt, deshalb machen sie einen Rückzieher.

»Ist ja schon gut«, lenkt Fridolin, der Ältere, ein. »Stellen Sie halt Ihre Fragen.«

Sein Bruder krampft die Finger ineinander, senkt den Blick und betrachtet seine Schuhe, als hätte er diese noch nie gesehen.

Was soll's, denkt er. Aus diesem Schlamassel kommen wir ohnehin nicht mehr raus. Als ob Christian Fuchs dessen Gedanken erraten hätte, fragt er sogleich: »Wann haben Sie erfahren, dass Ihr Erbe nicht nur aus einem verfallenen Schloss und einem verwahrlosten Park besteht?«

Schulterzucken ist die Antwort.

»Wann haben Sie beschlossen«, fährt Christian Fuchs fort, »Ihre Tante umzubringen, um an das beträchtliche Erbe heranzukommen?«

Ein kurzes Aufbegehren, doch der Chefinspektor hebt Einhalt gebietend die Hand. »Überlegen Sie gut, ehe Sie antworten. Lügen nützt nichts! Wir werden Ihnen diesen Mord, wenn Sie ihn denn begangen haben, garantiert nachweisen. Es ist nur eine

Frage der Zeit.« Dann wechselt er plötzlich das Thema. »Wie standen Sie eigentlich zu Adele von Hofmeister?«

Der unerwartete Themenwechsel lässt die Brüder zusammenzucken. Es ist ihnen deutlich anzusehen, dass sie etwas auf dem Kerbholz haben. Inspektor Schreiner ist sich sicher, dass sie auch in den Mord an Adele von Hofmeister verwickelt sind, wenn er auch nicht weiß, wie.

Die Brüder haben sich rasch gefangen. Alexander von Kriesenstein holt tief Luft, Friedolin von Kriesenstein legt warnend die Hand auf den Arm seines Bruders und beide schweigen.

»Also«, pfaucht Schreiner, als keine Antwort kommt, »was hatten Sie mit Adele von Hofmeister zu tun und seit wann wissen Sie über die realen Vermögensverhältnisse Ihrer Tante Bescheid?«

Während er auf eine Antwort wartet, trommeln seine Finger ungeduldig auf die Schreibtischplatte, was ihm einen rügenden Blick seines Chefs einbringt.

Alexander von Kriesenstein strafft die Schultern. »Das war so, …«

»Schweig!«, brüllt sein Bruder dazwischen. »Halt den Mund!«

»Aber …«

»Ich habe gesagt, du sollst schweigen!«

Fridolin wendet sich dem Chefinspektor zu. »Was für Fragen haben Sie sonst noch Herr Chefinspektor? Unsere Alibis kennen Sie! Mit dem Tod an Adele von Hofmeister haben wir nichts zu tun, wir kannten sie ja nicht einmal, und von dem größeren Erbe wussten wir nichts! Also, was wollen Sie sonst noch von uns?«

Da sowohl Christian Fuchs als auch Julius Schreiner im Augenblick ihre Theorien nicht beweisen können, bleibt ihnen nichts anderes übrig, als die beiden vorerst laufen zu lassen.

»Sie können gehen!«

Vor Erleichterung aufatmend verlassen sie schleunigst das

Chefzimmer. Schreiner seufzt. Nicht aus Erleichterung, sondern aus Verzweiflung.

»Nimm's leicht, Schreiner! Wenn sie es waren, werden wir es ihnen über kurz oder lang auch nachweisen.«

»Es ist doch offensichtlich, Chef«, wendet Schreiner verärgert ein. »Die zwei wussten Bescheid über das beträchtliche Erbe und haben sich schleunigst ein Alibi für die Tatzeit verschafft. Jetzt brauchen sie nur noch abzuwarten, bis wir mit unserer Weisheit am Ende sind und können danach in Ruhe abkassieren.« Er kratzt sich am Kopf. »Und Adele von Hofmeister kannten sie garantiert auch. Ist Ihnen aufgefallen, Chef, dass sie den Namen richtig ausgesprochen haben, obwohl sie ihn nur einmal genannt haben? Die kannten sie! Ganz sicher! Ich vermute sogar, dass die zwei mit der Pflegerin Maria Rehak gemeinsame Sache gemacht haben.«

Der Chefinspektor schaut auf und fragt verwundert. »Du glaubst, dass die beiden nicht nur ihre Tante Ludmilla von Kriesenstein erschlagen, sondern auch den Mord in Baden begangen haben?«

Christian Fuchs hebt die Schultern, lässt sie aber gleich wieder resigniert sinken. »Aber deiner ausgiebigen Recherche zufolge kannten die beiden Adele von Hofmeister nicht. Warum hätten sie sie umbringen sollen?«

Er denkt kurz nach und lässt den folgenden Satz in der Luft hängen. »Wir sind von Anfang an davon ausgegangen, dass beide Mordfälle zusammenhängen könnten. Aber so ein Zusammenhang, Schreiner, muss nicht unbedingt darin bestehen, dass es sich um denselben Täter handelt.«

»Und wenn schon, Chef!« Schreiner ist aufgebracht. »Dann haben sie halt nur ihre Tante erschlagen. Aber ich traue denen auch den Mord an Adele von Hofmeister zu, obwohl ich im Moment nicht weiß, welche Verbindung es zwischen ihnen und der Ermordeten gab.«

Chefinspektor Christian Fuchs lässt sich Schreiners Worte durch den Kopf gehen, dann nickt er bedächtig.

»Vielleicht sollten wir diese Altenpflegerin befragen. Unter Umständen kennt die eine Verbindung zwischen Adele von Hofmeister und Ludmilla von Kriesenstein, die zu den beiden Neffen führt.«

»Soll ich sie vorladen, Chef?«

»Noch nicht. Schick erst einmal Tauber hin. Den Unterlagen zufolge wohnt sie in Baden.«

Schreiner zeigt sich skeptisch, gibt aber trotzdem den Auftrag an Tauber weiter.

Kapitel 11

Berta und Annerl habe ich samt Pflanzen daheim abgeliefert, jetzt bin ich auf dem Weg zu mir nach Hause. Langsam fahre ich durch die Kellergasse bergauf, da fällt mir plötzlich Annerls Fund ein. Wo habe ich denn den hingegeben? Ich lange in meine Handtasche, die auf dem Beifahrersitz steht, und spüre das eingerollte Taschentuch.

Super!

Zum Glück ging er bei unserem Einkauf nicht verloren! Obwohl ich mir nicht vorstellen kann, dass der Stein zur Aufklärung des Mordes an Ludmilla von Kriesenstein beitragen könnte, werde ich Sepp anrufen und ihm davon erzählen. Doch noch ehe ich vor meinem Gartentürl ankomme, pfeifen die Rosenheimcops aus meinem Handy.

»Hallo, Sepp, dich wollt ich gerade anrufen, weil Annerl etwas gefunden hat.«

»Griaß di, Sandra! Ich bin unterwegs nach Baden«, meint er und lacht. »Wenn es bis abends Zeit hat, komm ich bei dir vorbei.«

»Es hat Zeit! Fahr vorsichtig und komm bald zurück.«

Ich breche das Gespräch ab, weil ich nicht will, dass er sich auf unser Telefonat anstatt auf die Straße konzentriert. Die Südautobahn ist oft überlastet und deshalb auch gefährlich.

Doch Sepp Tauber gelangt ohne Zwischenfall nach Baden. Da er, ehe er wegfuhr, mit einem Badener Kollegen telefonierte, um zu fragen, wo denn Maria Rehak um diese Uhrzeit anzutreffen sei, er wusste ja, dass die Polizei in Baden Rehak seit dem Mord an Adele von Hofmeister im Auge behält, peilt er gezielt die ihm von dem Kollegen genannte Adresse an. Es handelt sich um ein gefühlvoll renoviertes Haus aus der zweiten Hälfte des neunzehnten Jahrhunderts, welches sich unweit des Stadttheaters befindet. Tauber blickt die Fassade empor. Im ersten Stock stehen zwei Fenster offen, Vorhänge bauschen sich im sanften Wind und leise Musik dringt auf die Straße. Er drückt auf den Knopf der Gegensprechanlage und augenblicklich meldet sich eine forsche Frauenstimme: »Bei Franziska Hammer!«

»Sepp Tauber, Polizeidienststelle Horn. Kann ich mit Frau Maria Rehak sprechen?«

»Das tun Sie bereits! Was wollen Sie?«

Tauber ist leicht irritiert über die ruppige Art. »Das möchte ich nicht auf der Straße besprechen, Frau Rehak. Kann ich reinkommen?«

Nach einem unwilligen Gebrumme surrt der Türöffner und Sepp Tauber betritt ein dunkles Stiegenhaus. »Zweiter Stock!«, tönt es von oben. »Lift gibt es keinen!«

Der sportliche Polizist sprintet über die ausgetretenen Stufen in den zweiten Stock hinauf und wird von einer kleinen, zarten, dunkelhaarigen Frau mittleren Alters empfangen. Das also ist diese Rehak, von der Annerl erzählt hat, denkt er. Er lächelt der Frau freundlich entgegen, die ihn unter geöffneter Tür mit vor der Brust verschränkten Armen abweisend empfängt. Hinter ihr ruft eine zarte Frauenstimme »Maria« und er deutet der Pflegerin, dass sie drinnen gebraucht wird. Nachdem diese endlich den Eingang freigibt, stapft er mit einigem Abstand hinter ihr her in ein dunkles Vorzimmer. In einem Raum, rechts vom Eingang, vernimmt er einen leisen Wortwechsel, dem er folgt. Eine Frau, von der Tauber nur den Hinterkopf sehen kann, sitzt in einem überdimensionalen Ohrensessel am Fenster und die Pflegerin redet leise auf sie ein. Erstaunt stellt er fest, dass der Raum, trotz geschlossenem Fenster, gut durchlüftet ist und helle Sonnenstrahlen über die Einrichtung tanzen.

Maria Rehak deutet auf eine mit dunklem Samt bezogene Sitzbank, die links neben dem hohen Ohrensessel steht, in dem eine grauhaarige älteren Frau sitzt, die Sepp Tauber neugierig mustert, während er sich niederlässt.

»Sie tragen eine Uniform. Sie sind von der Polizei. Und was führt Sie hierher, junger Mann?« Sie streckt Tauber ihre Hand entgegen. »Ich bin Frau Hammer. Franziska Hammer.«

Ehe Sepp Tauber antworten kann, legt Maria Rehak ihre Hand auf Frau Hammers zerbrechliche Schulter. »Der Herr will nur mit mir reden. Kann ich Sie für eine Weile allein lassen?«

»Warum?«, fragt Frau Hammer resolut. Diese Energie hätte Tauber der alten Frau nicht zugetraut. »Sie sprechen hier mit dem jungen Mann«, fügt sie hinzu, worauf Maria Rehak ihre Hand von Frau Hammers Schulter nimmt, und sich resigniert neben Tauber stellt.

»Also«, fragt sie scharf und verzieht den Mund. »Weshalb sind Sie gekommen?«

Sepp Tauber neigt seinen Kopf und flüstert Maria Rehak zu: »Ich bin wegen Adele von Hofmeister hier, welche Sie zuletzt bis zu ihrem Tod betreut haben.«

»Sie brauchen nicht zu flüstern. Frau Hammer ist über das unliebsame Vorkommnis informiert.«

»Unliebsames Vorkommnis nennen Sie das? Die in Ihrer Obhut stehende alte Dame wurde hinterhältig erschlagen.«

Tauber fasst es nicht. Für so kaltschnäuzig hätte er die Pflegerin nicht gehalten. Resch und bestimmend, ja. Aber herzlos? Das geht über sein Verständnis.

»Die arme Adele«, hört er Frau Hammer plötzlich leise sprechen, »war ein guter Mensch. Ich kannte sie von früher. Wir waren im selben Internat. Leider haben wir uns später aus den Augen verloren. Erst als Adele die Villa ihrer Tante hier in Baden geerbt hat, haben wir uns zufällig wieder getroffen.« Sie seufzt. »Leider konnten wir uns nicht sehr oft sehen. Meine Beine, wissen Sie«, sie schaut Tauber an und streicht mit beiden Händen über ihre Knie, »machen nicht mehr mit und Adele wollte ihr neues Heim mit dem großen, schönen Garten nicht gerne verlassen. Seit sie die Villa geerbt hat, ist sie nur noch zu Hause geblieben. Sie hat immer gesagt, *ich muss es auskosten, solange es geht.* Oft genug habe ich ihr widersprochen. *Du bist doch für dein Alter noch recht gut beisammen,* habe ich gesagt. Aber sie ist dabei geblieben, und …«

»Ist gut, Frau Hammer«, unterbricht Maria Rehak sie energisch und wendet sich Tauber zu. »Sagen Sie endlich, was Sie von mir wollen, und dann gehen Sie. Sie sehen ja, ich habe zu tun.«

Sepp Tauber hat kapiert. Er zieht aus der Uniformjacke einen Zettel, auf dem er sich notiert hat, was Schreiner alles von Maria Rehak wissen will. Ihm fällt auf, dass die alte Dame aufmerksam und mit großen Augen zwischen ihm und ihrer Pflegerin hin und her schaut. Sollte sie Angst haben, ebenfalls wie Adele von Hofmeister zu enden?

»Schildern Sie mir den letzten Tag im Leben Adele von Hofmeister. Was haben Sie gemacht, wie haben Sie die alte Frau gefunden, was dachten Sie, als Sie sie fanden, und so weiter. Uns interessiert alles, was am Tag ihres Ablebens geschehen ist.«

Der Pflegerin gefällt Taubers Blick nicht.

»Was soll das? Wollen Sie mich verdächtigen, mit dem Tod etwas zu tun zu haben? Was unterstellen Sie mir da?«

»Pudeln Sie sich nicht auf, Maria«, rügt Frau Hammer die Pflegerin. »Erzählen Sie einfach dem jungen Mann, was er wissen will.«

Erfreut über die Unterstützung mustert er nun eingehend Maria Rehak, die den Kopf senkt, die Lippen fest aufeinanderpresst und die Arme wieder vor der Brust verschränkt. Diese abweisende Geste dürfte sie immer einnehmen, wenn ihr etwas nicht behagt.

»Das habe ich schon alles der hiesigen Polizei erzählt. Lassen Sie sich deren Protokolle geben und belästigen Sie mich nicht weiter. Wie schon gesagt«, sie schaut provokant auf ihre Armbanduhr, »ich habe zu tun.«

»Nur noch eine Frage, dann sind Sie mich los.

»Kennen Sie Ludmilla von Kriesenstein?«

»Nein«, antwortet Maria Rehak viel zu rasch, wird blass und schüttelt energisch den Kopf. Langsam steht sie auf, stützt sich auf der Armlehne des Ohrensessels, auf dem Frau Hammer sitzt, ab und schnauft. Tauber ist sich sicher, dass sie etwas verschweigt oder gelogen hat und nicht bereit ist, weiter mit ihm zu sprechen. Er erhebt sich ebenfalls und peilt mit einem höflichen Gruß die Tür an.

»Warten Sie, junger Mann!« Frau Hammer schiebt Rehaks Arm von der Lehne und wendet den Kopf. »Es gibt eine Verbindung und die hängt mit ihr«, sie deutet auf die Pflegerin, »zusammen.«

Erstaunt muss Tauber feststellen, dass die alte Dame ziemlich resolut sein kann.

»Wie meinen Sie das?«

»Ihre Tochter …« Frau Hammer deutet auf die Pflegerin.

Doch ehe sie weitersprechen kann, schnellt die Pflegerin herum und weist ihm mit ausgestrecktem Arm die Tür.

»Ich glaube, wir haben alle Ihre Fragen beantwortet. Gehen Sie jetzt! Auf Wiedersehn!«

Ganz bestimmt sehen wir uns wieder, denkt Sepp Tauber. Er ist sich sicher, dass Frau Hammer etwas weiß, was vielleicht die Ermittlungen weiterbringen könnte, da jedoch Maria Rehak abblockt, geht er lieber. Darum soll sich Schreiner kümmern.

»Auf Wiedersehen, Frau Hammer, und vielen Dank.«

Kapitel 12

Irgendetwas schreckt mich aus meinen Träumen. Ich öffne die Augen und schaue in die von Sepp. Sein Kopf ruht neben mir auf dem Kopfpolster und er betrachtet mich liebevoll. Fragend runzle ich die Stirn.

»Schlaf weiter«, flüstert er. »Ist nur ein Gewitter.«

Ich spüre seinen Atem im Gesicht und rolle mich vor Erleichterung zur Seite, kuschle mich eng an ihn und spüre, wie sich sein starker Arm auf meine Schulter legt. Beruhigt schließe ich die Augen und schlafe augenblicklich wieder ein. Es ist schon ein großartiges Gefühl, höchstpersönlich von der Polizei bewacht zu werden. Da schafft es nicht einmal ein Gewitter, und sei es noch so heftig, mich aus der Ruhe zu bringen.

Am Abend, als Sepp von Baden zurückgekehrt ist, hat er noch schnell den Bericht auf der Wache geschrieben, Schreiner auf den Tisch gelegt, und ist dann zu mir geeilt.

Nach einem Gläschen Wein, das wir bei Mondschein im Garten getrunken haben, legten wir uns schlafen. Das Gewitter, wie mir Sepp heute Morgen erzählte, hat ungefähr um Mitternacht Klein Schiessling erreicht und ziemlich heftig getobt. Vorsorglich hat er alle Elektroanschlüsse vom Netz genommen, obwohl der neu eingebaute FI eigentlich für ausreichend Sicherheit sorgen sollte. Aber meine Erfahrung hat gezeigt, dass dem nicht immer so ist. Als sich zum Beispiel vor einigen Jahren während eines Tarockturniers in unserem Kulturhaus ein Gewitter genau über uns austobte, sind etliche Elektrogeräte kaputt gegangen.

Später erfuhr ich, dass eine Überspannung, was immer das bedeuten mag, daran Schuld hatte.

Nun sitzen wir gemütlich beim Frühstück, das Unwetter hat sich verzogen, im Garten duftet es nach feuchter Erde und hinter einer Wolkenwand lugt sogar ein Sonnenstrahl hervor.

»Wie war es denn gestern bei dieser Altenpflegerin?«, frage ich und beiße genüsslich in ein Weckerl, beladen mit Butter und Käse sowie Kirschtomaten aus dem Garten.

Es ist das einzige Gemüse, das ich zum Wachsen und Reifen bringe. An allen anderen Gemüsearten wie Karotten, Kohlrabi, Gurken oder gar Zucchini bin ich bis dato jämmerlich gescheitert.

»Sie war nicht sehr mitteilsam«, meint Sepp nach einem Schluck Kaffee. »Ich bin sicher, dass sie mir etwas verschwiegen hat.«

»Und was?«

»Keine Ahnung. Aber«, er stellt sein Häferl zurück auf den Tisch, »damit soll sich jetzt der Schreiner herumärgern. Vielleicht ist sie bei ihm gesprächiger.«

»Vor allem, wenn er mit seiner Faust droht.«

Ich lache übermütig, weil ich mir die Szene bildlich vorstelle. So, wie mir Sepp diese Maria Rehak beschrieben hat, dürfte sie selbst für den energischen Inspektor ein harter Brocken werden.

»Und was wolltest du mir erzählen, Sandra?«

»Ach ja!« Ich stehe auf und hole aus meiner Tasche, die im Schrankraum steht, den in Annerls Taschentuch eingewickelten steinigen Fund.

»Das hat Annerl im Schlosspark von Kriesenstein gefunden. Ich glaube, es handelte sich um die Stelle, an der Ludmilla von Kriesenstein erschlagen wurde. Man konnte im Kies dunkle Flecken erkennen, bei denen es sich um getrocknetes Blut handeln könnte.«

Sepp nimmt das Taschentuch vorsichtig in die Hand, legt es auf den Tisch und schlägt es auseinander. Das unscheinbare Etwas vermittelt auf den ersten Blick nur Schmutz.

»Dreh es um! Hier vermuten wir«, ich zeige auf eine winzige Stelle, »angetrocknetes Blut. Und wenn du den Stein ins Licht hältst, funkelt er wie ein Brillant.«

Sepp folgt meinem Rat, dreht das Taschentuch im Licht nach allen Seiten. »Tatsächlich! Das Ding funkelt.« Er bleibt skeptisch. »Aber ob das ein Brillant ist, wage ich zu bezweifeln, Sandra. Auch Glas, wenn es Bruchstellen aufweist, funkelt in der Sonne.«

»Ich weiß, Sepp. Aber könnt ihr es nicht im Labor untersuchen lassen? Vielleicht ist es ja wichtig für die Aufklärung des Falles.«

Behutsam wickelt er den Stein wieder in das Taschentuch und steckt beides ein. »Ich werde es Schreiner geben. Und«, er zieht die Stirn in Falten, »was sage ich, woher ich den Fund habe? Wenn ich den Namen Annerl Passer erwähne, explodiert er wie der Ätna auf Sizilien im vergangenen Frühjahr.«

Nun legt sich auch meine Stirn in Falten wie ein Plisseerock und verzweifelt raufe ich mir die Haare.

»Das stimmt!«

Sepp nimmt gleichzeitig mit mir sein Kaffeehäferl zur Hand und wir trinken vorerst einmal einen Schluck. Nach dem letzten Bissen vom Käseweckerl und einem Stück Mohnstrudel später habe ich eine Idee.

»Was ist«, frage ich und mustere ihn, »wenn du sagst, du warst mit mir spazieren und hast das Ding selber gefunden?«

Er überlegt kurz, dann kontert er: »Du meinst, es ist gescheiter, Schreiner reißt mir den Schädel ab als der Annerl?«

»Nein!«, lache ich. »Natürlich nicht! Aber so abwegig ist es doch nicht, dass wir zwei dort zufällig spazieren gegangen sind.«

»Zufällig! Zufällig! Das nimmt er mir doch nie ab. Schreiner weiß genau, dass ich nichts zufällig oder grundlos mache.«

Auch wieder wahr. »Dann bleibt nur eins, Sepp, leg es ihm einfach auf den Tisch. Und damit er es nicht in den Papierkorb befördert, legst du einen Zettel dazu, dass der Fund bei eurem Portier abgegeben wurde.«

Jetzt muss er lachen. »Ein Fund, eingewickelt in ein Taschentuch mit den Initialen A. P.! Was glaubst du, was Schreiner daraus schlussfolgert?«

Belustigt schüttle ich den Kopf, wenn ich mir Schreiner dabei vorstelle, und raufe mir neuerlich die Haare. »Was anderes fällt mir aber nicht ein.«

Kurz überlegt er, dann holt er den verkrusteten Stein aus seiner Tasche, wickelt ihn aus, greift nach seiner Papierserviette und verstaut ihn darin.

»So könnt es gehen.«

Ich bin begeistert! Nicht umsonst liebe ich dieses Mannsbild.

Kapitel 13

Susanne Magerl in Hollerkogel eilt zur Tür und wirft dabei kopfschüttelnd einen Blick auf ihre Armbanduhr. Wer will denn um diese Zeit, es ist einundzwanzig Uhr vorbei, noch zu ihr? Wollte vielleicht die Berta kommen, anstatt anzurufen? Sie öffnet, und noch ehe sie die vor ihr stehende Gestalt richtig wahrnehmen kann, bekommt sie einen Schlag auf den Kopf und verabschiedet sich vorübergehend von ihrem Bewusstsein.

»So geh halt ran«, murrt Berta Pitzer. »Wo zum Kuckuck bist du denn?«

Sie hört es läuten und läuten, aber nichts tut sich. Am Drahtende hebt niemand ab. »Das gibt's doch nicht«, brummt sie und macht sich schön langsam Sorgen. Gestern hat sie mit ihrer Freundin Susanne vereinbart, dass sie heute Abend ausgiebig miteinander über Ludmilla von Kriesenstein telefonieren wollen, und nun hebt sie nicht ab. Da Berta Pitzer weiß, dass ihre Freundin Susanne mit der Schlossherrin befreundet war, wollte sie einige Auskünfte einholen, welche uns bei unseren unerlaubten kriminalistischen Ermittlungen weiterhelfen könnten, dem Mörder auf die Spur zu kommen. Und nun hört sie nur den Klingelton, aber nicht Susannes Stimme, dann springt auch noch die Mailbox an, und das war's. »Das gibt's doch nicht«, wiederholt sie zum x-ten Mal und rauft sich verzweifelt ihren roten Haarschopf. »Was mach ich denn jetzt?« So ein Verhalten ist sie von ihrer Freundin nicht gewöhnt. Auf Susanne konnte sie sich bis dato immer verlassen. Neuerlich drückt Berta Pitzer die Wiederholungstaste auf ihrem Telefon, aber nichts tut sich außer Läuten und Mailbox. Resigniert legt sie auf, schnauft etliche Male, dann ruft sie mich an.

»Du, Sandra, ich brauch deinen Rat.«

Ich lege die Fernbedienung meines Fernsehers beiseite.

»Du bist ja ganz aufgeregt, Berta! Um Himmels willen, was ist denn geschehen?«

Sie berichtet von ihren zahlreichen Versuchen, ihre Freundin telefonisch zu erreichen und endet mit »das ist untypisch für Susanne«.

Nachdem meine Versuche, Berta zu beruhigen, nichts bringen, schlage ich vor, mit ihr nach Hollerkogel zu fahren.

»Beruhig dich, Berta, wir schauen nach, was los ist. Ich komm zu dir runter.«

Rasch schlüpfe ich in meine Sandalen, spurte zum Auto und fahre in den Ort hinunter, wo ich Berta vor dem Haustor händeringend stehen sehe und Annerl bedröppelt neben ihr.

»Konntest du wieder einmal nicht schlafen, Annerl?«, frage ich und ernte einen strafenden Blick. »Um diese Uhrzeit hab ich noch nie g'schlafen«, mokiert sie sich und marschiert schnurstracks auf mein Auto zu.

Aha, sie will mit, denke ich und muss grinsen.

Nachdem beide im Wagen sitzen, Berta neben mir, Annerl auf der Rückbank, brause ich Richtung Hollerkogel los. Der Ort liegt in einer Senke und ist nur wenige Kilometer von Klein Schiessling entfernt. Unterwegs erfahre ich von Berta, warum sie so aufgebracht ist.

»Vielleicht hat deine Freundin nur vergessen, dass ihr miteinander telefonieren wolltet, und sitzt gemütlich bei ihrer Nachbarin auf einen Tratsch.«

Verächtlich schüttelt sie den Kopf. »Du kennst die Susanne nicht, sonst würdest du nicht so daherreden. Wenn die was verspricht, dann hält sie es auch. Sie hat, seit wir uns kennen, und das ist schon eine Ewigkeit her, noch nie eine Verabredung vergessen.«

Ich gebe mich geschlagen und konzentriere mich aufs Fahren. Annerl hinter mir schweigt, was nicht gerade typisch für sie ist, denn meistens hat sie die Klappe offen und nervt.

Es ist hell, die Vollmondscheibe hängt hoch am Himmel, einzelne Lichter flackern im Ort Hollerkogel rechts unter uns auf, ein Igel walzt gemächlich über die Straße, als wäre es das Harmloseste von der Welt, und eine Fledermaus erschreckt mich, weil sie ziemlich nah vor meiner Windschutzscheibe vorbeifliegt. Berta wetzt unruhig auf ihrem Sitz herum. »Hoffentlich ist ihr nichts passiert.«

»Und was machst«, fragt Annerl, »wenn niemand daheim ist?«

Diese Frage habe ich mir soeben auch gestellt. Berta schüttelt verzweifelt den Kopf und wischt mit der Hand über ihre Augen. Man kann ihr ansehen, wie durcheinander sie ist.

Gleich nach der Ortstafel von Hollerkogel biege ich links ab und rolle vor dem zweiten Haus auf der rechten Seite aus. Erleuchtete Fenster begrüßen uns und erleichtert seufze ich auf.

»Da schau, Berta! Sie ist eh daheim«, beruhige ich sie. »Vielleicht hat sie das Telefon nicht gehört, weil sie grad am Klo war.«

Berta ignoriert meinen Einwand, springt, nachdem ich eingeparkt habe, vom Beifahrersitz, rennt auf das Haus zu und reißt die kunstvoll geschnitzte Holztür auf.

Während Annerl und ich aussteigen, hören wir sie schreien, und mir läuft es kalt über den Rücken. Ich stolpere mit Annerl auf den Eingang zu, vor dem Berta steht und sich am Türrahmen festkrallt. Langsam dreht sie den Kopf, macht einen Schritt zur Seite und wir können sehen, was sie so erschüttert hat. Hinter der Tür liegt im hellerleuchteten Flur ihre Freundin Susanne mit dem Gesicht nach oben und blutet aus einer Wunde an der Schläfe. Während meine beiden Begleiterinnen ein mächtiges Gejammer anstimmen, nestle ich mein Smartphone aus der

Handtasche, rufe den Notarzt und berichte in abgehakten Sätzen, was wir vorgefunden haben. Danach verständige ich Sepp. Hollerkogel gehört zum Bezirk Horn, folglich ist er zuständig. Ich erreiche ihn im Streifenwagen und wiederhole mit zitternder Stimme, was ich soeben der Notarztzentrale verklickert habe.

»Beruhig dich, Sandra«, meint er. »Angela und ich sind gleich bei euch.«

Dann warten wir ungeduldig vor der offenen Haustür, schauen ständig auf die Uhr, treten von einem Fuß auf den anderen und Berta schluchzt leise vor sich hin. In solch einer Situation wird eine Minute zur gefühlten Stunde. Endlich vernehmen wir ein näherkommendes Martinshorn und sehen Blaulicht blinken, das von den Mauern der Nachbarhäuser reflektiert wird. Der rettende Notarzt ist bei uns und erleichtert stöhnen wir auf. Gleichzeitig mit dem Folgetonhorn des Notarztwagens tauchen neugierige Nachbarn auf, welche von den beiden Sanitätern, die nach dem Arzt aus dem Wagen springen, rigoros beiseitegeschoben werden. »Machen Sie Platz, hier gibt's nichts zu sehen. Sie behindern nur unsere Arbeit!«

Danach geht alles blitzschnell. Susanne Magerl wird auf eine Trage gelegt, in den Rettungswagen geschoben, und im selben Moment taucht der Streifenwagen mit Sepp und Angela auf. Angela Bauer springt heraus und eilt auf einen der Sanitäter zu.

»Was ist geschehen?«

Der informiert sie kurz über den Zustand der verletzten Person, steigt hinten ins Rettungsauto zur verletzten Susanne, und der Wagen braust los.

»Man bringt sie ins Horner Krankenhaus«, informiert uns Angela Bauer, während Sepp seinen Arm beruhigend um meine Schultern legt. Berta hängt an Annerls Hals und schluchzt herzzerreißend. Die neugierigen Nachbarn, die ihre Hälse aus den Fenstern strecken, anstatt den Gehsteig zu blockieren, blicken sensationsgierig auf uns herab.

»So arg schaut's nicht aus, hat der Notarzt gesagt«, redet Angela Bauer beruhigend auf Berta ein. »Susanne Magerl hat nur eine Platzwunde am Kopf und einen Schock. Er hofft, dass keine Gehirnerschütterung vorliegt, und hat gemeint, dass durch das rasche Auffinden Schlimmeres verhindert wurde.«

Berta nimmt ihre Arme von Annerls Hals und wischt sich die Tränen aus dem Gesicht. Ich wechsle einen Blick mit Sepp und der nickt.

»Komm, Berta! Wir fahren zu mir und trinken erst einmal einen Schnaps. Der Sepp und die Angela kommen später nach, und wenn du dich beruhigt hast, erzählen wir ihnen alles, was wir wissen für das Protokoll.«

Annerl kommt natürlich mit, denn ohne sie geht gar nichts. Außerdem ist sie der Meinung, dass sie sich ebenfalls einen Schnaps verdient hat!

Kapitel 14

Sepp Tauber informiert telefonisch Inspektor Schreiner und dieser beordert sogleich die Spurensicherung nach Hollerkogel in das Haus von Susanne Magerl. Bis die Kollegen eintreffen, beginnt er mit seiner Kollegin Angela Bauer, nachdem sie sich Einweghandschuhe übergestreift haben, vorsichtig das Haus zu durchsuchen. Gleich im Vorraum finden sie auf einem kleinen Tischchen neben einer Vase, in der eine gelbe Rose steckt, einen Zettel, den Sepp Tauber vorsichtig zur Hand nimmt.

»Schau dir das an, Angela.« Er hält den Zettel so, dass sie ihn lesen kann, worauf sie blass wird.

»Was soll das?« Laut liest sie: *»Wenn Sie nicht mit dem Schnüffeln aufhören, wird es beim nächsten Mal ernst.«*

»Weißt du, wovon hier die Rede ist?«, fragt Angela. Sepp zuckt mit den Schultern und presst die Lippen zu einem feinen Strich zusammen. Er verstaut das Papier in einem Nylonsäckchen und steckt es vorsichtig ein.

»Hat das Ganze womöglich etwas mit unserem Fall zu tun?«

»Kann ich mir zwar nicht vorstellen, Sepp, aber warten wir ab, was uns Berta Pitzer erzählt.«

Nachdem wir bei mir angekommen sind, setzen wir uns erst einmal in den Wintergarten, obwohl es im Garten auch schön wäre. Es ist warm und über uns wölbt sich ein klarer Sternenhimmel, doch Berta stürmt sofort ins Haus, nachdem ich aufgesperrt hatte. Annerl und ich folgen ihr und der Situation geschuldet stelle ich eine Flasche Obstler mit drei Stamperln auf den Tisch. Berta greift sofort zu, nur Annerl hängt mit gesenktem Kopf herum und beachtet weder das Stamperl noch uns.

»Ist dir aufgefallen«, flüstere ich Berta leise zu, die neben mir sitzt, »dass sie«, dabei deute ich leicht mit dem Kopf in Annerls Richtung, »in den letzten Tagen kaum mehr auf ihrer Tratschpiste im Ort unterwegs ist und auch sonst ungewöhnlich ruhig ist?«

»Jetzt, wo du es sagst«, flüstert sie, »ja, das stimmt!« Sie hebt den Kopf und mustert Annerl, die in sich zusammengesunken im Sessel hängt, ihre Hände ineinander verkrampft und die Augen geschlossen hält. »Weißt du, was sie haben könnte?«, fragt sie mich. Darauf habe ich keine Antwort. Ich beobachte Annerl eine Weile, dann spreche ich sie an:

»Annerl!« Sie erschrickt. »Was ist denn los mit dir? Du bist so ganz anders. Anders, als wir es von dir gewohnt sind.«

Ihre Finger verkrampfen sich noch fester ineinander, sodass die Knöchel weiß hervortreten, dann schaut sie verzweifelt auf.

»Ich hab kein Geld!«

Erschüttert wende ich mich Berta zu, die entsetzt ihre Augen aufreißt und die Augenbrauen bis zum Haaransatz hinaufzieht.

»Wieso? Bist du pleite?«, fragt sie.

»Ach, geh!« Annerl springt auf und beginnt, im Wintergarten hektisch hin und her zu rennen. Berta und ich wechseln einen besorgten Blick, danach schiebe ich Annerl zurück auf den Sessel. »Setz dich hin, beruhig dich und erzähl uns, warum du kein Geld hast.«

»Ich hab eh genug Geld«, sprudelt es aus ihr heraus. »Aber ich komm nicht dran! Der Installateur, der letztens bei mir war, hat ka Bargeld g'nommen, und überweisen kann i nimmer. Seit Neuestem muss ma übers Handy lauter komische Zahlen eingeben! Ich kenn mich nimmer aus! Mein Kopf ist ganz durcheinander vor lauter Zahlencodes, PIN, Passwort und sonstigem Schmarrn! Und wenn ich dann so a Zahl eingeb, die verlangt wird, vertipp ich mich ständig, weil meine Finger gichtig sind und zittern. Das hab ich auch der Frau in der Bank g'sagt und die hat g'meint, dass es da Hilfe gibt. Angeblich gibt es Leut, die einem dabei helfen!« Empört schaut sie auf. »Da scheissens herum mit Datenschutz und sonstigem Blödsinn und dann sollst plötzlich aner fremden Person deine persönlichen Daten geben? Ich glaub, die ticken nimmer richtig. Des is a Gemeinheit alten Leuten gegenüber. Nur weil meine Finger nimmer so funktionieren wie als a junger und ich mir den ganzen Zahlenschmarren nimmer merken kann, krieg ich jetzt ka Geld mehr. Des is doch mein Geld! Verstehst? Ich willl ja nix g'schenkt. Ich will nur mein schwer verdientes Geld! Und wie soll ich mir die ganzen Zahlen merken, wenn ich sie net aufschreiben darf!?«

Berta Pitzer und ich sind entsetzt. Aus dieser Perspektive haben wir die fragwürdige Situation um die geänderten Bankgeschäfte noch gar nicht betrachtet. Natürlich ist es auch für uns eine Umstellung, eine große sogar, keinen direkten Kontakt mehr mit der Bank zu haben. Ich selbst habe schon des Öfteren mit den zahlreichen Cods gehadert und mir oft genug überlegt, was denn wäre, wenn bei einem längeren Stromausfall all diese Tätigkeiten plötzlich nicht mehr funktionieren. Aber dass sich das auf alte Menschen so entsetzlich auswirkt, wie Annerl eben geschildert hat, ist schrecklich, unverzeihlich, diskriminierend und gehört verboten.

Wenn die Wirtschaft etwas vereinfachen will, dann doch nicht auf Kosten alter Menschen. Die Banken sanieren sich, und wir sind die Depperten! Wo gibt's denn sowas?

Wir versuchen, so gut es geht, sie zu trösten und Berta verspricht, ihr am nächsten Tag beim Geldüberweisen via Handy zu helfen.

»Ich zeig dir, wie's geht, Annerl. Und wenn du damit nicht klarkommst, mache ich es für dich, versprochen.« Etwas erleichtert blickt sie auf und ich krame in meiner Küchenlade einen

Stift hervor, mit dem man Daten besser ins Handy tippen kann als mit dem Finger. Ob es etwas nützt, bezweifle ich allerdings, weil ich Annerl kenne. Wenn die einmal fuchsteufelswild ist, kann man sie nicht so leicht wieder beruhigen, und schon gar nicht mit einem depperten Stift.

Es dauert ziemlich lang, bis der Streifenwagen endlich bei uns eintrifft.

Durch die großen Wintergartenscheiben ist blinkendes Blaulicht zu sehen, jedoch kein Folgetonhorn zu hören, weil Angela dabei ist. Allein trötet mein lieber Sepp gerne geräuschvoll durch die Landschaft und freut sich diebisch, wenn andere Autofahrer respektvoll zur Seite weichen. Kaum habe ich zu Ende gedacht, stapft er schon, gefolgt von seiner netten Kollegin, die Stufen zum Haus herauf, durch die Eingangstür und steht auch schon in voller Größe vor uns.

»Na, habts euch in der Zwischenzeit ein bisserl beruhigt?«, fragt Angela, die sich auf einen freien Sessel zwischen Berta und Annerl niederlässt. Sepp setzt sich neben mich und wirft mir einen fragenden Blick zu. Ich zucke mit den Achseln, deute auf Annerl, dann schildere ich den beiden erst einmal die Misere mit den neuen Bankgeschäften. Sepp nickt betroffen, beteuert jedoch, gegen diese idiotischen Regelungen machtlos zu sein. Er zieht die Augenbrauen zusammen und wechselt das Thema.

»Wir kommen soeben vom Krankenhaus. Der diensthabende Arzt hat uns bestätigt, was der Sanitäter bereits vermutete. Susanne Magerl hat zum Glück nur eine Platzwunde an der Schläfe und keine Gehirnerschütterung.«

»Was wolltet ihr bei Susanne Magerl?«, fragt Angela Bauer und fügt rasch an: »Ihr habt hoffentlich nichts angefasst?«

»Nein, natürlich nicht!«

»Nur die Türschnalle«, ergänzt Berta meinen lautstarken Protest und schildert unser schreckliches Erlebnis. Ich eile in die

Küche, drehe mich aber gleich wieder um. »Wollt ihr Kaffee, einen Gspritzten oder lieber was Hochprozentiges?«

Sepp und Angela entscheiden sich für Kaffee, die Flasche Obstler mit drei Stamperln steht noch auf dem Tisch. Und während ich mit Kaffeekochen beschäftigt bin, erfahren Sepp und Angela von Berta, was geschehen ist. Nachdem nun auch zwei Häferln Kaffee auf dem Tisch gelandet sind, genehmigen wir uns endlich unser wohlverdientes Stamperl Hochprozentiges. Berta hat ihres bereits geleert und kippt das nächste gleich hinterher.

»Prost!« Annerl macht es Berta nach und stürzt den Birnenbrand von Gemeinderat Rieslinger auf ex hinunter, während ich Bertas Aussage bestätige, dass wir im Haus von Susanne Magerl nichts, außer der Türschnalle, angefasst haben.

»Der Schreck ist uns so in die Glieder gefahren, dass es uns gar nicht möglich gewesen wäre, weiter in den Flur vorzudringen, um etwas anzugreifen.«

Aha!

»Also findet die Spurensicherung eure Fingerabdrücke nur dort?«

Ich nicke und trinke ebenfalls mein Stamperl leer, worauf Berta neuerlich zur Flasche greift und nachschenkt.

»Und Sie, Berta«, fragt Angela und tippt auf ihrem Tablet he rum, »waren besorgt, nur weil Ihre Freundin nicht ans Telefon ging? Warum hat Sie das so beunruhigt, dass Sie gleich hingefahren sind?«

»Susanne ist der verlässlichste Mensch, den ich kenne. Und weil wir ausgemacht haben, dass ich sie am Abend anrufe und sie nicht ans Telefon gegangen ist, habe ich mir Sorgen gemacht. Es hätte ihr ja was passiert sein können.« Sie schluchzt, zieht umständlich ein Taschentuch aus der Hosentasche und trompetet geräuschvoll hinein. »Was ja auch der Fall war«, ergänzt sie zitternd und greift schon wieder zur Flasche.

Unsere Aussagen werden festgehalten, dann steht Angela Bauer auf.

»Ich glaub, Sepp, das reicht fürs Erste. Es ist schon spät, wir sollten losfahren.«

»Ja«, stimmt er zerstreut zu, »aber erst trink ich meinen Kaffee aus.«

Am nächsten Tag sucht Inspektor Schreiner Susanne Magerl im Spital auf. Es geht ihr bereits besser.

»Haben Sie eine Ahnung, warum man Sie niedergeschlagen hat? Konnten Sie sehen, wer Sie niedergeschlagen hat?«

Susanne Magerl verneint. Es ist ihr anzusehen, dass sie Ruhe braucht, was Schreiner jedoch ignoriert und sie weiter löchert.

»Auf einem Zettel, den wir im Flur fanden, steht, Sie sollen sich nicht einmischen. Was ist damit gemeint?«

Susanne Magerl setzt sich leicht stöhnend im Bett auf, greift an ihren Kopfverband und mustert Schreiner. Der schaut sie erwartungsvoll an und sie lässt ihre Hand langsam sinken. Dann beginnt sie zögernd, mit vielen Unterbrechungen, in denen sie sich immer wieder an den Kopf greift, zu schildern:

»Ich war vorige Woche bei Ludmilla von Kriesensein eingeladen, wir kannten uns schon längere Zeit«, sie nickt Schreiner zu und greift nach einem Glas Wasser, das auf ihrem Nachtkastl steht. »Da hat sie mir anvertraut, dass sie sich bedroht fühlt. Sie konnte nichts Genaues sagen, sie hatte einfach nur ein ungutes Gefühl. Und als dann während unseres Gesprächs ihre beiden Neffen aufgetaucht sind, und sich nach ihrem Befinden erkundigt haben, war's noch viel schlimmer. Sie hat sogar zu zittern begonnen. Daraufhin habe ich ihr geraten, die Polizei einzuschalten, was ihren Neffen überhaupt nicht gefallen hat.

Ich glaube, es ist besser, wenn Sie jetzt gehen, hat der Jüngere der Brüder dann gesagt. *Sie sehen doch, unserer Tante geht es nicht gut, sie braucht Ruhe.*«

Schreiner notiert gewissenhaft das Gesagte und schaut Susanne Magerl ernst ins Gesicht.

»Und was haben Sie gemacht?«

»Ich bin natürlich gegangen. Obwohl«, stöhnt sie, »diese Entscheidung falsch war, wie ich jetzt weiß. Ich hätte bei ihr bleiben sollen und …«

Schreiner unterbricht sie.

»Machen Sie sich keine Vorwürfe. Nach Ihrem Besuch hat Ludmilla von Kriesenstein ja noch gelebt. Den Anschlag auf sie hätten Sie also nicht verhindern können.«

Ein dankbarer Blick trifft Schreiner, während eine Krankenschwester erscheint, um der Patientin ein paar Schmerztabletten zu verabreichen.

»Und du glaubst«, fragt Christian Fuchs eine Stunde später, nachdem ihn sein Inspektor über den Besuch im Krankenhaus informiert hat, »dass sich die Drohung auf dem Zettel in Frau Magerls Haus auf den Fall Ludmilla von Kriesenstein bezieht?«

»Natürlich, Chef! Sie etwa nicht?«, kontert er.

Christian Fuchs schließt die Augen, seufzt schwer und hebt gedankenverloren ein Schriftstück nach dem anderen, das vor ihm liegt, in die Höhe, um es gleich darauf wieder auf den Schreibtisch fallen zu lassen.

»Chef?« Schreiner wird ungeduldig.

»Doch, Schreiner. Das glaube ich auch«, stimmt Fuchs nach langem Zögern seinem Inspektor zu.

»Konnte sie den Angreifer erkennen oder wenigstens beschreiben?«

»Nein! Aber ich habe nicht nachgebohrt, weil sie offensichtlich starke Schmerzen hatte. Die Schwester gab ihr ein paar Tabletten, aber bis die wirken, wollte ich nicht warten. Der Mief in so einem Spital ist nicht gerade das, was ich besonders mag« Er schüttelt die Erinnerung daran ab und meint zuversichtlich:

»Vielleicht erfahren wir mehr, wenn sie noch eine Nacht darüber geschlafen hat. Ich fahre morgen Früh nochmals hin.«

»Gut, Schreiner, mach das!«

Kapitel 15

»Ja, die Annerl! Sieht man dich auch wieder einmal? Sammelst du Neuigkeiten für deine Tratschrunde?« Liesel lächelt süffisant. »Ich dachte schon, du bist krank, weil ich dich längere Zeit nicht gesehen hab.«

Die Pfarrersköchin steht auf dem Gehsteig vor der Klein Schiesslinger Kirche und hält einen Besen in der Hand.

Ihr geblümelter Rock wird vom Wind leicht angehoben, flugs zieht sie ihn zurück über ihre runden Knie, genau dorthin, wo er hingehört. Pfarrer Miroslav Jankovic sähe es bestimmt nicht gern, wenn seine Köchin unzüchtig auf der Straße stehen würde.

»Bist unter die Straßenkehrer gangen?«, kontert Annerl sarkastisch und lacht.

»Nein, liebe Annerl!« Liesel verzieht den Mund ob dieser Zumutung. »Ich kehre den Gehsteig vor unserem Gotteshaus. Fürs Straßenkehren bin ich nicht zuständig.«

Dann stemmt sie eine Hand in die Hüfte und mustert Annerl von oben bis unten in ihrem, wie üblich, schwarzen Kleid. Missbilligend schüttelt sie den Kopf und will sie deswegen tadeln, erinnert sich jedoch rasch, wozu sie eigentlich mit dem Besen auf die Straße gegangen ist.

Der Herr Pfarrer bastelt an seiner Sonntagspredigt, wofür er meistens ellenlang Zeit braucht, weil er sämtliche Bibelsprüche langmächtig hin und her wälzt, bis sie ihm in den Kram passen, und diese Zeit wollte sie nützen, um Neuigkeiten, nicht nur aus Klein Schiessling, zu erfahren. Deshalb stellt sie das missbilligende Kopfschütteln ein, lehnt den Besen an die Wand des Pfarrhauses und geht ein paar Schritte auf Annerl zu.

»Du, sag einmal«, flüstert sie und hält die Hand, welche zuvor noch den Besenstiel umklammert hielt, vor den Mund. »Was war denn da los mit der Berta ihrer Freundin? Ich hab gehört, die soll überfallen worden sein?«

»Wennst eh schon alles weist, warum fragst dann noch?«, mokiert sich die Dorftratschen

»Na ja, man macht sich halt so seine Gedanken.« Liesel plissiert ihre Stirn und zieht den Mund nach unten. »Erst wird unsere Adelige aus dem Waldviertel umgebracht und kurz darauf wird in unserem Bezirk eine Frau überfallen. Das könnte doch zusammenhängen, meinst nicht auch? Hat diese Susanne Magerl vielleicht irgendeinen Kontakt zu Ludmilla von Kriesenstein gehabt?«

Annerl zuckt mit den Schultern und grübelt über Liesels Worte nach. Weiß diese Pfarrersköchin schon wieder etwas, was ihr entgangen ist? Energisch stellt sie ihre schwarze Einkaufstasche neben sich auf den Gehsteig.

»Ich weiß nur von der Berta, dass die Magerl Susanne die Ludmilla von Kriesenstein kennt hat. Sie war auch öfters auf ihrem Schloss eing'laden, im Gegensatz zu dir.« Annerl freut sich diebisch, dass sie damit die Pfarrersköchin überraschen konnte.

Diese reißt Augen und Ohren auf. »Na, sowas? Hätte ich nicht gedacht.«

Sie räuspert sich und schaut über die Straße zum Dorfwirtshaus, wo soeben der Wirt in der offenen Tür erscheint und flott die Stufen hinunter auf die Straße eilt. Wir haben Ende Juli und die Temperaturen sind hoch, sodass, wie jeden Sommer, die Wirtshaustür tagsüber offensteht.

»Seids schon wieder beim Tratschen, ihr zwei?«, fragt er belustigt und zwinkert ihnen zu, während er die Hauptstraße überquert und weiter Richtung Gemeindeamt stapft.

Zwei Augenpaare verfolgen ihn, bis er in Pummerls ehrwürdigem Amtsgebäude verschwunden ist. Nach einer Weile schießt Liesel die Dorftratschen mit einer Frage an, welche sich Annerl bereits selbst gestellt hat.

»Glaubst du, dass diese Adele von Hofmeister, die in Baden umgebracht wurde, unsere Ludmilla von Kriesenstein gekannt hat?« Sie mustert Annerl, doch die verzieht keine Miene.

»Diese Adeligen kennen sich ganz bestimmt untereinander. Das ist doch der reinste Inzuchtverein!«, setzt Liesel fort und greift nach ihrem Besen.

Annerl Passer weiß im Moment nicht, was sie mit dem Begriff Inzuchtverein anfangen soll, vor allem in Bezug auf Ludmilla von Kriesenstein. Zum Glück wird sie von der Wirtin abgelenkt, die ebenso, wie ihr Mann kurz zuvor, im Begriff ist, das Wirtshaus zu verlassen. Sie überquert hinter einem lärmenden und stinkenden Lastwagen, der voll beladen mit Granitbrocken aus dem Steinbruch kommt und durch Klein Schiessling donnert, die Hauptstraße und stiefelt zügig auf die beiden zu.

»Lassts mich mittratschen! Um was geht's denn?«

Neugierig blickt sie von einer zur anderen, während sie die offene Wirtshaustür im Auge behält, damit kein Gast in die unbesetzte Wirtsstube gelangt. Liesel bequemt sich, die Wirtin über den Stand der Unterhaltung in Kenntnis zu setzen.

»Wir haben uns grad darüber unterhalten, ob vielleicht der Überfall auf Susanne Magerl, der Freundin von der Berta, etwas mit dem Mord an Ludmilla von Kriesenstein zu tun haben könnte. Wäre doch möglich?« Sie seufzt theatralisch. »Oder ist das zu weit hergeholt?«

Die drei stecken ihre Köpfe zusammen, aus denen nach kürzester Zeit Rauch aufsteigt wie nach einer Papstwahl und den Platz um sie herum einhüllt, sodass selbst das Kirchenportal nur noch schemenhaft zu erkennen ist. Sie meckern, seufzen, kichern und schnattern, was das Zeug hält.

Die Wirtin rückt näher an Annerl und Liesel heran.

»Ich habe eine Bekannte in Baden, mit der ich öfters telefoniere. Natürlich haben wir auch über den tragischen Tod dieser Adeligen getratscht.«

Sie macht ein wichtiges Gesicht und überprüft, ob sie auch die volle Aufmerksamkeit der beiden genießt.

»Und die hat mir erzählt, dass die Pflegerin dieser ermordeten Adeligen eine Tochter hat, die mit einem der Brüder von Kriesenstein zusammen sein soll. Nur weiß sie nicht, mit welchem. Entweder ist diese Christine Rehak, so heißt die Tochter, mit Alexander oder mit Fridolin beisammen. Stellts euch das einmal vor.«

»Da ham ma ja endlich die Verbindung zwischen den beiden Ermordeten«, plärrt Annerl und hüpft aufgeregt von einem Bein auf das andere. Beinahe wäre sie über ihre auf dem Gehsteig abgestellte Tasche gestolpert. »Das muss sofort die Sandra erfahren«, plappert sie hüpfend weiter, bis Berta Pitzer vor der Kirche auftaucht und sie bei ihrem Morgensport stört.

»Was musst du der Sandra erzählen?«, fragt sie grinsend und pflanzt sich neben Annerl.

Augenblicklich wird sie von der Wirtin informiert. Annerl zieht ihr Handy aus der am Boden stehenden Einkaufstasche und tippt darauf herum.

»Du, Sandra!«

Sie erwischt mich gerade dabei, wie ich in meine Frühstückssemmel beißen will.

»Was gibt's denn, Annerl?«

»Wir haben jetzt eine Verbindung zwischen den beiden ermordeten Adeligen g'funden!«

»Wer ist wir?«, frage ich neugierig und schiebe es vorerst auf, mein Frühstück fortzusetzen.

»Die Krügerl, die Liesel und ich. Die Berta steht auch bei uns. Wir stehen vor der Kirche und …«

Sie klärt mich auf und mir poltert die Kinnlade runter.

»Ich ruf gleich den Sepp an«, verkünde ich aufgeregt, lass die Semmel auf den Teller fallen und stürze in den Flur. Während ich in meine Sandalen schlüpfe, informiere ich Sepp, der nach dem langen Abend gestern auf der Wache sitzt und Däumchen dreht, während Angela Bauer auf ihrem Tablet herumwischt, als würde die Aufklärung dort zu finden sein.

»Was für eine Verbindung, Sandra?«

»Keine Ahnung, ich treffe mich aber gleich mit unseren Dorftratschen im Ort, dann weiß ich mehr. Ich ruf dich wieder an.«

»Ihr mit eurem Getratsche«, meint er lachend. »Glaubst du wirklich, dass dabei was G'scheites rauskommt?« Dann legt mein lieber Sepp auf.

»Da bist ja endlich!«

Annerls freundliche Begrüßung ignorierend frage ich, um welche Verbindung zwischen den beiden Adeligen es sich denn handelt. Liesel drängt sich vor und will losschnattern, doch Frau Krügerl schiebt sie zur Seite und erklärt mir in Kurzfassung, welchen Zusammenhang es zwischen Adele von Hofmeister und Ludmilla von Kriesenstein gibt.

»Wenn ich das jetzt richtig verstehe«, frage ich nach und ziehe meine Augenbrauen in die Höhe. Nicht bis zum Haaransatz wie Berta, aber immer noch hoch genug, »ist die Tochter der Pflegerin von Adele von Hofmeister verbandelt mit einem der Neffen von Ludmilla von Kriesenstein? Und die Tochter von Maria Rehak heißt Christine Rehak? Ist das richtig?«

Als Antwort auf meine Fragen nicken vier Köpfe heftig durch die Gegend. »Das ist allerdings interessant.«

Ich will eben mein Handy aus der Tasche ziehen, um Sepp die Neuigkeit mitzuteilen, da biegt mit quietschenden Reifen Schreiners Dienstwagen um die Ecke unseres Kulturhauses.

»Na der hat mir gerade noch gefehlt!«

Genervt mache ich einen Schritt von der Bordsteinkante weg, damit er mich nicht überrollt, und stecke mein Handy zurück in die Hosentasche. Das Telefonat mit Sepp verlege ich auf später. Der Inspektor tritt auf die Bremse und springt aus dem Wagen.

»Zu Ihnen, Frau Pitzer, wollte ich gerade!«

Mit dumpfem Knall wirft er die Autotür zu und präsentiert sich uns in voller Größe, was nicht viel ist. Er ist noch immer klein, mager und trägt trotz der Hitze einen Nadelstreifanzug. Ausnahmsweise heute ohne Krawatte.

Berta zieht beide Mundwinkel nach unten, Liesel dreht sich weg und stapft samt Besen ins Pfarrhaus zurück, während Frau Krügerl den Inspektor herausfordernd mustert. Annerl und ich müssen grinsen. Diesmal hat Schreiner Berta Pitzer im Visier und nicht Annerl oder mich.

»Lieber Herr Inspektor! Was kann ich für Sie tun?«

»Das werden Sie gleich erfahren!«

Schreiner macht einen Schritt auf die Wirtin zu.

»Sie brauche ich nicht, Sie können gehen!«

Frau Krügerl rührt sich nicht von der Stelle. Im Gegenteil, sie bläst sich vor Schreiner auf, hebt das Kinn und meint von oben herab:

»Und wenn ich Ihnen jetzt sagen würde, dass ich eine Verbindung zwischen Adele von Hofmeister und Ludmilla von Kriesenstein kenne, die Sie bestimmt interessieren wird, soll ich dann trotzdem verschwinden?«

Ihr frostiger Blick gefällt Schreiner nicht, doch Frau Krügerl hat ihn neugierig gemacht.

»Eine Verbindung? Was für eine Verbindung?«

Forsch lässt er von Berta ab und widmet sich der Wirtin. Annerl und mich beachtet er nicht, also könnten wir eigentlich gehen, was jedoch nicht in Frage kommt. Schließlich wollen wir dabei sein, wenn er erfährt, dass Christine Rehak mit einem der beiden Neffen Ludmilla von Kriesensteins liiert ist.

Ausnahmsweise lauscht Schreiner Frau Krügerls Schilderung, wird dabei aber sichtlich nervös. Diese Erkenntnis könnte mehr Licht in die Sache bringen und muss sofort überprüft werden. Am liebsten würde er augenblicklich zurück in seinen Dienstwagen springen und lospreschen.

»Und Ihre Bekannte ist sich da ganz sicher?«

»Herr Inspektor«, empört sich Frau Krügerl. »Was soll die Frage? Natürlich ist sie sich sicher! Sie ist zwar körperlich nicht mehr so gut drauf, aber geistig immer noch fit. Und diese Pflegerin, diese Maria Rehak, die vorher Adele von Hofmeister betreut hat, betreut jetzt meine Bekannte Franziska Hammer. Wollen Sie noch mehr wissen?«

Julius Schreiner nickt, notiert sich die Namen, und prescht, ohne Dank und Verabschiedung, zu seinem Auto. Er hat es eilig, in die Dienststelle zu kommen, um alles, was er eben erfahren hat, überprüfen und mit seinem Chef besprechen zu können.

Kaum ist er von der Bildfläche verschwunden, rufe ich Sepp an und informiere ihn endlich über die Neuigkeit.

»Das ist zwar interessant, Sandra, bringt uns aber noch lange nicht auf die Spur des Mörders.«

»Denk positiv, Sepp«, beende ich das Gespräch und marschiere mit Annerl und Berta die Hauptstraße hinunter. Vor Annerls Haus machen wir Halt.

»Willst dir die schöne Rose anschauen, Berta, die du mir g'schenkt hast? Die hat wunderschöne Blüten! Und die duften!«

»Natürlich will ich das. Aber dann müsst ihr auch meine *Bobby James* bewundern. Die hat ebenfalls herrliche Blüten und einen intensiven Duft!«

Strahlend führt uns Annerl durchs Haus in den hinteren, ummauerten Gartenteil, den die Sonne durchflutet und in dessen Mitte eine wunderschöne Rose blüht. In Orange-, Gelb- und Rosatönen strahlen uns die zahlreichen geöffneten Blüten von *Julie Eyes* entgegen.

»Die ist aber wirklich schön, Annerl«, sage ich und merke, wie sich vor Freude ihre Wangen röten. Dankbar lacht sie Berta an, die ihr auf die Schulter klopft. »Ist schon gut, Annerl! Ich freu mich, wenn sie dir gefällt, deine *Julie Eyes*!«

Nachdem wir auch Bertas »Bobby James« bewundert haben, will ich mich verabschieden, werde jedoch von Hedwig Uhudler daran gehindert.

»Griaß eich!«

Freudig erregt kommt sie in Bertas Garten, stellt sich vor »Bobby James«, streckt die Brust heraus und blickt uns herausfordernd an.

»Was ist?«, fragt Berta. »Hast im Lotto gewonnen?«

»Nein!« Hedwigs Balkon wölbt sich vor, sodass ihr voller Busen fast die Knöpfe ihrer Bluse sprengt, und ich sehe es funkeln.

»Wow! Ist das aber eine schöne Brosche! Hast du die von deiner Tochter?«

Hedwig streicht liebevoll über das Schmuckstück auf ihrem wogenden Busen. »Hab ich vom Günter!«

»Hast leicht Geburtstag?«, fragt Annerl skeptisch.

»Nein!« Sie rückt einen Schritt näher. »Ich hab euch doch erzählt, dass der Günter, wie er letztens von der Weinlieferung zurückgekommen ist, also von der Ludmilla von Kriesenstein zurückgekommen ist, so deppert gegrinst hat. Stellts euch vor, damals hat sie ihm diese Brosche für mich geschenkt und dazu gesagt, dass es ein altes Familienerbstück sei und sie nicht will, dass es in die Hände von ihren beiden Neffen gerät. Deshalb hat sie es Günter geschenkt.«

Sie schnauft hörbar und ich betrachte das Schmuckstück näher, welches auf ihrer türkisfarbenen Kurzarmbluse funkelt.

»Sind das Brillanten und Rubine?«

Stolz reckt sie ihre Brust noch weiter vor, blickt streng an sich hinunter, sodass ein Doppelkinn entsteht und nuschelt:

»Das sind Granaten und Diamanten!«

Jetzt sind wir platt! Und begeistert! Ich wundere mich zwar, dass gerade Günter Uhudler der glückliche Empfänger dieses prachtvollen Schmuckstückes wurde, freue mich aber für Hedwig.

»Das heißt doch andererseits«, fällt Berta in die stille Betrachtung hinein, »dass sie ihren beiden Neffen nicht über den Weg getraut hat. Vielleicht ahnte sie, was passieren würde, und brachte deshalb ihren Familienschatz in Sicherheit.«

»Du hast recht, Berta«, stelle ich ernüchternd fest. »Sie wusste, dass ihre Neffen nichts taugen. Deshalb hat sie beizeiten ihre Wertsachen vergeben oder verschenkt, so wie diese Brosche.«

»Jetzt sollt ma nur noch wissen, ob bei dieser Adele von Hofmeister auch so …«

Rasch unterbreche ich Annerl. »Du meinst, diese Neffen haben auch etwas mit Adele von Hofmeisters Tod zu tun?«

»Wär doch möglich«, brummt Annerl und betrachtet die Brosche. »Die Verbindung zwischen den beiden Toten ham ma ja jetzt g'funden, den Rest könnt eigentlich der Schreiner machen, damit ihm nicht fad wird.«

Ich lache, Berta und Hedwig stimmen in mein Lachen ein.

»Du glaubst, Annerl«, kickst Berta, »dass das dem Schreiner gelingt?«

Aber, denke ich, manchmal geschehen noch Zeichen und Wunder!

»Was anderes, Annerl«, wechsle ich das Thema. »Wenn du willst, helfe ich dir bei den Geldüberweisungen mit dem Handy.«

»Danke, Sandra. Ihr seids alle so gut zu mir«, sie schaut verschämt zur Seite. »Aber die Berta hat mir gestern am Abend noch zeigt und erklärt, wie alles geht. Und wenn ichs nicht zammbring«, lacht sie, »dann macht's die Berta immer für mich. Was mir eh lieber wär, weil diese depperten Zahlen gehen mir …«

»Super, Annerl«, unterbreche ich sie. »Du weißt, wir sind immer für dich da.«

Kapitel 16

»Chef! Chef!«

Inspektor Schreiner stürzt ins Chefzimmer. Aufgeregt will er Christian Fuchs die Neuigkeit verkünden, nämlich, dass es laut Frau Krügerl vom Klein Schiesslinger Dorfwirtshaus nun doch eine Verbindung zwischen Adele von Hofmeister und Ludmilla von Kriesenstein gibt, und vergisst, wie meistens, anzuklopfen. Diesmal wird er jedoch nicht gerügt, weil das Chefzimmer leer und von Christian Fuchs weit und breit nichts zu sehen ist.

Enttäuscht dreht er sich um, da hört er Schritte über den Gang trappen, die ihm bekannt vorkommen, kurz darauf steht der Chefinspektor vor ihm.

»Was ist denn los, Schreiner? Du brüllst ja das ganze Haus zusammen!«

Schreiner zieht die Mundwinkel nach unten, dann informiert er leicht beleidigt seinen Chef darüber, was er bei dem Zusammentreffen der Dorftratschen von Frau Krügerl erfahren hat.

»Ist doch interessant«, blafft er, »dass Maria Rehaks Tochter Christine mit einem der beiden Neffen von Kriesenstein liiert ist.« Der Chefinspektor geht langsam zu seinem Schreibtisch, ordnet den darauf liegenden Aktenberg und streicht sich nachdenklich über seine ergrauten Schläfen.

»Ja, das ist interessant, Schreiner.« Er macht eine Pause, ehe er fortsetzt: »Wenn es denn stimmt.« Fragend mustert er seinen kleinen Inspektor. »Kann man der Wirtin Glauben schenken?«

»Schon, Chef«, nickt der bedächtig. »Die Wirtin ist sich da ganz sicher.«

Der Chefinspektor zeigt Interesse und will mehr wissen.

»Die Wirtin hat eine Bekannte in Baden, eine Franziska Hammer, und diese wird zurzeit von Maria Rehak betreut. Beim letzten Telefonat der Wirtin hat ihr Frau Hammer von Rehaks Tochter, Christine Rehak, erzählt. Sie wissen ja, wie diese Weiber tratschen. Unter anderem hat sie darüber gesprochen, dass Christine Rehak, also die Tochter von Maria Rehak, mit einem der beiden Neffen von Kriesenstein verbandelt sein soll. Sie wusste nur nicht, mit welchem.«

Christian Fuchs lässt sich die Auskunft durch den Kopf gehen, während Schreiner seine Notizen durchblättert.

»Da ist noch etwas, Chef!« Er verstaut den Notizblock wieder in seiner Anzugtasche. »Tauber war bereits einmal in Baden, um Maria Rehak zu befragen, wurde aber brüsk abgewiesen. Er hat nichts aus ihr herausbekommen. Die war zu wie eine Auster vor dem Kochen und äußerst kratzbürstig.«

»So, so! Eine Resolute also!« Christian Fuchs lacht, atmet tief durch und überlegt eine Weile, ehe er meint: »Ersuch die Badener Kollegen, sich nochmals mit Rehak zu unterhalten, und, wenn notwendig, sie ein bisserl unter Druck zu setzen.«

Fuchs steht auf und geht ans Fenster. Seine Augen bleiben an den grünen Sträuchern der gegenüberliegenden Parkanlage hängen, während er den Lärm des Straßenverkehrs durch Horns Hauptstraße verdrängt.

Der Fall beansprucht seine volle Aufmerksamkeit. Nur am Rande nimmt er das Gehupe ungeduldiger Autofahrer vor der Ampel wahr, wenn einer nicht prompt anfährt oder gar die Grünphase verschläft.

Schreiner beobachtet ihn und trippelt dabei nervös hin und her.

»Chef?«

Langsam dreht sich Christian Fuchs um und rutscht wieder hinter seinen Schreibtisch.

»Setz dich endlich! Haben wir eine Adresse von dieser Christine Rehak?«

Schreiner fällt auf den Besuchersessel und blättert durch seine Notizen.

»Ja, haben wir! Christine Rehak, wohnhaft in Grasdorf, Bahngasse 7.«

»Das gehört zu unserem Bezirk!« Erfreut richtet Christian Fuchs sich auf und studiert seinen Kalender auf dem Schreibtisch. »Heute ist Dienstag. Lade sie noch für diese Woche vor. Dann hören wir uns an, was sie zu berichten hat.«

»Mach ich, Chef! Hoffentlich ist sie nicht genau so stur wie ihre Mutter.«

Missmutig schüttelt der Chefinspektor den Kopf, während Schreiner den Raum verlässt. Dieser kleine Pessimist, denkt er lächelnd, findet doch immer wieder ein Haar in der Suppe, womit er einem den Tag vermiesen kann.

Abermals stellt er sich ans Fenster und blickt versonnen auf die Straße. Seine Gedanken entfernen sich langsam von dem Fall, verschwimmen zu einem undurchsichtigen Gemenge und landen letztendlich unter der südlichen Sonne.

Nur noch zwei Wochen bis zu seinem Urlaub! Dann liegt er am Strand von Mallorca, genießt das Meer, die Schönheit der Insel, lauscht der Brandung an den Klippen und atmet den würzigen Duft der Pinien ein.

Herrlich!

Aber noch befindet er sich in seinem Horner Büro. Statt Meeresluft streichen ihm Autoabgase um die Nase und obendrein hat er einen Mordfall aufzuklären!

Hoffentlich lohnt sich das Gespräch mit Christine Rehak, und er kann wenigstens den Mord an Ludmilla von Kriesenstein abschließen. An oberster Stelle auf der Liste der Verdächtigen stehen ja seit Beginn seiner Ermittlungen die beiden Neffen Alexander und Fridolin von Kriesenstein. Leider ist es ihm bisher nicht gelungen, eine Verbindung zu der ebenfalls ermordeten Adele von Hofmeister in Baden bei Wien herzustellen. Trotz allem ist er der festen Überzeugung, dass die beiden Fälle irgendwie zusammenhängen. Zusammenhängen müssen! Er glaubt an keine Zufälle. Die Morde an den beiden Adeligen müssen einen gemeinsamen Nenner haben. Das steht sowohl für ihn als auch für Schreiner fest. Doch je mehr er sich in die Sache hineinsteigert, umso weniger klären sich die Fakten. Die Situation erscheint verworrener denn je. Bedächtig nickt er mit dem Kopf. Vielleicht hat er ja Glück, und Christine Rehak entpuppt sich als hilfreiches Plappermäulchen. Und wenn sie noch dazu hübsch ist, dann …

Er dreht sich vom Fenster weg, nimmt wieder hinter seinem Schreibtisch Platz und zieht langsam die Unterlagen über den Mordfall Ludmilla von Kriesenstein zu sich heran.

Den Obduktionsbericht des Pathologen Dr. Heribert Weinzierl kennt er mittlerweile auswendig, ebenso den Bericht der Spurensicherung. Beide hatte er schon mehrmals aufmerksam durchgesehen. Ludmilla von Kriesenstein wurde mit einem Stein erschlagen. Kleine Splitter und Sandreste in der Wunde am Hinterkopf deuten darauf hin. Vom Tatwerkzeug fehlt jede Spur. Gut möglich, dass Täter oder Täterin den Stein mitgenommen und irgendwo entsorgt haben. Die Tatzeit, welche der Pathologe auf plus minus achtzehn Uhr festlegte, hilft ihm im Moment auch nicht weiter. Für diese Zeit haben beide Neffen der Ermordeten ein Alibi. Angeblich hatten sie ein Treffen mit Freunden in der Steiermark, welches diese bestätigten. Die Kollegen der Polizeidienststelle Graz überprüften zwar die Aussagen, wiesen jedoch darauf hin, dass es sich bei dem Treffen mit besagten Freunden um ein illegales Autorennen gehandelt hatte, und diese Leute für jede Falschaussage bereit wären. Bis jetzt sind die beiden von Kriesenstein seine einzigen Verdächtigen. Auch will er nicht glauben, dass die so harmlos sind, wie sie sich geben. Schließlich steht für sie viel Geld auf dem Spiel. Erfahrungsgemäß wurde schon für weniger gemordet. Selbst sein tiefer Seufzer kann das Problem nicht lösen. Diese Unterlagen sind das Einzige, worauf er sich im Moment stützen kann. Und während er neuerlich, zum gefühlten hundertsten Mal, alles durchackert, ohne daraus neue Erkenntnisse zu gewinnen, driften seine Gedanken ab und landen auf der Mittelmeerinsel Mallorca. Er wünscht sich nichts sehnlicher, als unbeschwert in seinen wohlverdienten Urlaub fliegen zu können. Den ganzen Krempel einfach hinter sich zu lassen, zu vergessen. Oder aber aufzuklären. Ganz egal, er will endlich loslassen!

Das Büro, diesen Mordfall, die gesamte Polizeistation einfach vergessen, alles hinter sich lassen. Am Strand liegen und nichts an sich heranlassen, außer das rauschende Meer, das seine Farbe je nach Wetterlage verändert. Tiefschwarz unter einer Wolkendecke, türkisfarben in den frühen Abendstunden, aufgewühlt mit rauschender Brandung bei Sturm oder still und flach wie ein Spiegel. Er sehnt sich nach Ruhe, Entspannung, Sonne, Salzwasser und, vielleicht auch, nach einem hübschen Bikinimädchen mit braungebrannter Haut, das sich neben ihm im Sand räkelt.

Doch bis dahin dauert es noch. Genau zwei Wochen. Zwei kurze Wochen, in denen er den Mord an Ludmilla von Kriesenstein aufklären muss. Verzweifelt rauft er sich die Haare. Er will seinen cholerischen Inspektor mit diesem komplizierten Fall nicht allein lassen, obwohl er sich erinnern sollte, dass Schreiner schon öfter einen Fall ohne ihn, nur mit Hilfe von Tauber und Bauer, erfolgreich gelöst hatte.

Seufzend steht er auf.

Schaun ma mal, dann sehn ma schon!

Abwarten und Tee trinken, wäre auch eine Option – doch aus seinem Flachmann trinken ist die bessere!

Angela Bauer schiebt Christine Rehak ins Chefzimmer, bugsiert sie auf einen Sessel vor dem Schreibtisch des Chefinspektors und neben Inspektor Julius Schreiner, der die junge Frau von oben bis unten mustert.

Mittelgroß, schlank mit langen blonden Haaren, die zu einem Pferdeschwanz gebunden sind, der bei jeder ihrer Kopfbewegung nach allen Richtungen ausschlägt. Schreiner rückt zur Seite, um diesem Wedel zu entgehen.

»Sie kennen Alexander und Fridolin von Kriesenstein?«

Christian Fuchs betrachtet wohlgefällig die Rundungen der jungen Frau, die sich unter ihrem weißen T-Shirt abzeichnen.

»Ich kenne nur Fridolin näher, seit meine Mutter Adele von Hofmeister betreut hat. Er war dort öfters zu Besuch.«

Sie zuckt gelangweilt mit den Schultern. »Keine Ahnung, was er von der Alten wollte.«

Julius Schreiner reißt es vom Sitz.

»Der kannte Adele von Hofmeister?«

Christian Fuchs räuspert sich, wirft Schreiner einen tadelnden Blick zu und lächelt Christine Rehak aufmunternd an, die verärgert die Mundwinkel nach unten zieht und dadurch für den Chefinspektor einiges an Attraktivität verliert.

»Natürlich! Die Hofmeister hat ihm doch ihr Auto überlassen, weil sie nicht mehr damit gefahren ist. Ohne das Auto hätten die doch nie an irgendwelchen Rennen teiln…«

Augenblicklich verstummt sie und hält die Hand vor den Mund. Beinahe wäre ihr herausgerutscht, was sie eigentlich geheim halten sollte. Fridolin von Kriesenstein hat ihr ausdrücklich befohlen, darüber zu schweigen.

»Sie meinen«, insistiert Christian Fuchs, der zwei und zwei zusammenzählt, »dass Fridolin von Kriesenstein mit dem Auto von Adele von Hofmeister an Autorennen teilnimmt und bereits teilgenommen hat? An illegalen Autorennen?«

Christine Rehak senkt betreten den Kopf und gibt keine Antwort. Es ist ihr sichtlich unangenehm, sich verplappert zu haben.

»Überprüf das, Schreiner!«

»Aber Chef«, wendet dieser ein, »das ist doch Sache der Verkehrspolizei!« Er räuspert sich und blickt Christian Fuchs verärgert an. »Obendrein fanden diese Autorennen in der Steiermark statt. Das fällt nicht einmal in unseren Zuständigkeitsbereich.«

Christine Rehak schüttelt den Kopf und bringt ihren Pferdeschwanz neuerlich zum Wedeln. Christian Fuchs betrachtet versunken ihr glänzendes Haar, ihren breiten Mund mit den vollen Lippen, die mit Kajalstift schwarz umrandeten blauen Augen und ihre wohlgeformten Oberschenkel, die sie übereinandergeschlagen hat, während sie eingehend ihre Fußspitzen betrachtet, als hätte sie diese noch nie zuvor gesehen.

»Aber ich weiß«, sie richtet sich auf und wirft dem Chefinspektor einen koketten Blick zu, »dass demnächst wieder ein solches Rennen in Horn stattfinden soll. Vielleicht nehmen ja Alexander und Fridolin daran teil?«

Schreiner räuspert sich.

»Und warum erzählen Sie uns das?«

Christine Rahak gibt keine Antwort und schenkt neuerlich ihren Fußspitzen volle Aufmerksamkeit.

»Sie schwärzen die beiden an, obwohl Sie mit Fridolin liiert sind?«

Verächtlich betrachtet sie Christian Fuchs und presst dabei die Lippen zu einem schmalen Strich zusammen.

»Liiert! Liiert! Was heißt hier liiert?«, pfaucht sie zurück. »Nicht einmal mitfahren durfte ich bei den Rennen! Der hat mich einfach ausgebootet! Einfach so!«

Ihr hübsches Gesicht verzieht sich zu einer Fratze, sie kocht vor Wut, wobei sie von Schreiner kritisch beobachtet wird.

»Sie durften nicht daran teilnehmen? Obwohl Sie seine Freundin sind?«

Zufrieden lehnt sich Christian Fuchs zurück. Das Gespräch läuft zusehends in die richtige Richtung.

»Er hat eine andere!«, schiebt Christine Rehak nach, seufzt und wischt mit der Hand über ihre Augen. »Die darf natürlich mitfahren!«

Aha!

Deswegen packt sie aus!

Aus Rache und Eifersucht!

Der Chefinspektor wechselt einen Blick mit seinem Inspektor, der sich vor Freude unter dem Schreibtisch die Hände reibt.

»Wissen Sie auch«, Christian Fuchs zwinkert ihr kumpelhaft zu, »wann genau dieses Rennen in Horn stattfinden soll und wo?«

Nachdem die Inspektoren auch dies erfahren haben, will Schreiner wissen, ob die beiden Brüder für den Mord an Ludmilla von Kriesenstein ein Alibi haben.

»Erinnern Sie sich, ob die seinerzeit an dem illegalen Autorennen in der Steiermark teilgenommen haben?«

Christine Rehak ist anzusehen, dass sie bereits bereut, der Polizei so viel erzählt zu haben. Diese Befragung zieht weitere Kreise, als ihr lieb ist. Sie stottert herum. Langsam wird ihr bewusst, dass es für einen Rückzieher zu spät ist und auf ein bisschen mehr oder weniger auch nicht mehr ankommt.

»Beim ersten Rennen schon, beim zweiten Rennen in Graz waren sie, soviel ich weiß, nicht dabei.«

»Sie wissen aber ganz bestimmt, wo sich die beiden während dieser Zeit aufgehalten haben?«

Christian Fuchs lässt seinen Charme spielen, hat aber bei Christine Rehak keinen Erfolg.

»Wo sie waren, weiß ich nicht«, antwortet sie trotzig. »Das müssen Sie schon selbst herausfinden.«

Sie verkrampft die Hände ineinander, presst die Lippen wieder fest aufeinander und schweigt.

Schreiner schnauft verächtlich, doch sein Chef ist zuversichtlich. Immerhin haben sie erfahren, dass es ein zweites illegales Autorennen in Graz gegeben hat, von dem sie bisher nichts wussten, und dass sogar ein solches in Horn stattfinden soll.

Kapitel 17

»Ruck a bisserl!«

Annerl Passer ist die Kellergasse zum offenen Heurigen hinaufgestapft und steht nun vor Bürgermeister Alfons Pummerl, der seine gesamte Breite auf die halbe Heurigenbank gefläzt hat, obwohl normalerweise mindestens fünf Personen nebeneinander gemütlich Platz gefunden hätten. Mürrisch mustert er die Klein Schiesslinger Dorftratschen, rückt aber keinen Millimeter zur Seite und brummt Unverständliches in sich hinein.

»Ruck endlich!«, pfaucht Annerl ihn grawutisch an, doch Alfons Pummerl stiert in sein Glas Veltliner, als gäbe es sonst nichts auf der Welt und ignoriert die Aufforderung.

»So beweg halt deinen Allerwertesten, Bürgermeister! Du siehst doch, dass die Annerl neben dir sitzen will.«

Gemeinderat Hubert Burgunder, von allen Klein Schiesslingern einfach Huaberl genannt, schüttelt ungläubig seinen Kopf samt Vogelnestfrisur. Die Haare an beiden Schläfen sind ab rasiert, was zu seinem kantigen Gesicht und seiner zierlichen Gestalt gut passt, und sein Tattoo am Oberarm ist durch das kurzärmelige T-Shirt gut zu sehen. Darauf ist er stolz, obwohl Annerl ihm einmal nahegelegt hat, den Dreckfleck zu entfernen.

»Welche Laus ist dir denn über die Leber gelaufen, Bürgermeister?«, fragt Gemeinderat Heinrich Silvaner belustigt, der mit Huaberl gegenüber von Pummerl sitzt. Außer einem verächtlichen Murren erhält er aber keine Antwort.

Annerl lässt sich von Pummerls Unhöflichkeit nicht irritieren. Sie kennt ihn jahrzehntelang und weiß, wie er tickt. Daher macht sie kurzen Prozess, setzt sich auf das neben dem bürgermeisterlichen Hintern verbliebene Stückchen Bank und ruckelt so lange hin und her, bis sie genug Platz hat.

»So«, meint sie zufrieden, »jetzt könn ma tratschen.« Sie winkt der Heurigenwirtin zu und deutet auf Pummerls Glas. »Bring mir auch ein Achterl!«

Dann sprudelt ihr aufgestautes Wissen aus ihr heraus.

»Ich hab doch damals beobachtet, dass mir in Baden a Frau aufg'fallen ist, die kurz hintereinander zweimal in dasselbe Haus reingangen ist. Beim ersten Mal hat's nix g'sagt, beim zweiten Mal hat's laut g'rufen: *Frau Hofmeister, ich bin da!*«

Alfons Pummerl neigt seinen Kopf kaum merklich in ihre Richtung, hält sich an seinem Weinglas fest und wartet auf die Fortsetzung, die nicht kommt.

Bestimmt hat er schon öfters davon gehört, aber es immer wieder verdrängt. Schließlich muss er als Bürgermeister wichtigere Dinge im Kopf behalten als Annerls suspekte Beobachtungen.

»Jetzt hab ich mir überlegt«, plappert Annerl munter weiter, »dass es doch sein kann, dass die beim ersten Mal, wie's ins Haus gangen ist, diese alte Frau erschlagen hat, und beim zweiten Mal hat's ihr so unschuldig zug'rufen, obwohl sie g'wusst hat, dass die schon längst tot war.«

Erwartungsvoll mustert sie den Oberjägermeister Hans Sachenberger und Günter Uhudler, die ihr gegenübersitzen. Gemeinderat Michael Rieslinger und ein junger Musiker der Dorfkapelle, die auf der Bank neben Pummerl Platz gefunden haben, sind hinter der bürgermeisterlichen Breite versteckt.

»Die hat g'sehn«, setzt Annerl fort und genießt die volle Aufmerksamkeit, »dass unser Autobus gegenüber dem Haus steht und hat sich dacht, damit kriegt sie von uns ein Alibi. Weil wir doch g'hört haben müssen, dass sie mit der Frau g'sprochen hat, obwohl die wahrscheinlich schon längst tot war.«

»Warum?«, brummt Pummerl, obwohl ihm anzumerken ist, dass ihn das ganze Gefasel der Dorftratschen überhaupt nicht interessiert.

»Warum? Was heißt da warum?« Annerl schnauft. »Kannst du aber deppert fragen.«

Ein Achterl Grüner Veltliner wird vor ihr abgestellt, was sie kurz verstummen lässt. Sie hebt das Glas und prostet der Runde zu, ehe sie den Dorfboss schulmeisterlich belehrt.

»Na, weil wir bestätigen sollten, dass sie noch mit der Frau g'redt hat, obwohl die schon längst tot war. Wer redt denn schon mit einer Toten?«

Gemeinderat Michael Rieslinger versteht, was Annerl meint.

»Du glaubst, dass die die Reisenden im Bus dazu benutzt hat, um an ein Alibi zu kommen?«

»Krass«, kontert Huaberl. Er ist jedenfalls von Annerls Theorie überzeugt. »Jetzt sollten wir nur noch wissen, ob die Polizei das auch weiß.«

Oberjägermeister Hans Sachenberger, heute ohne Hund unterwegs, wiegt bedächtig sein Haupt.

»Das glaub ich nicht, denn sonst wäre der Bus ausfindig gemacht und ihr alle schon längst befragt worden.«

Pummerl versinkt in stilles Brüten, während alle anderen am Tisch sich in erregten Gesprächen auslassen.

»Krass«, wiederholt Huaberl Burgunder und macht einen großen Schluck von seinem Gspritzten. Dann hebt er die Hand und winkt der Kellnerin, die soeben am Tisch vorbeiflitzt, zu. »Ein Vollkornbrot mit Geselchtem hätt ich gern. Und bring mir noch einen Gspritzten!« Er deutet auf sein halbvolles Glas. »Ist bald leer!«

Als ich die Kellergasse hinuntermarschiere, dringen mir bereits auf halber Höhe laute Stimmen entgegen. Am deutlichsten vernehme ich unsere Dorftratschen, die das große Wort führt.

»Ich sag euch, so war's. Die hat die Alte abg'murkst und wir sollten ihr ein Alibi geben.«

»Wer hat wen abgemurkst?«, frage ich und zwäng mich neben Günter Uhudler auf die Bank.

»Da bist ja endlich!«, plärrt sie.

»Ich war bei der Gartenarbeit und musste mich erst umziehen, als du angerufen hast«, versuche ich mich zu rechtfertigen.

Annerl fegt meine Antwort mit einer energischen Handbewegung weg. »Ich hab grad erzählt, was mir damals in Baden aufg'fallen ist.«

Aha! Berta Pitzer taucht unter dem Nussbaum auf, unter welchem die Heurigenbänke im Schatten stehen, und blickt neugierig in die Runde.

»Habts noch ein Platzerl für mich?«

Lachend rücken Günter Uhudler und ich näher an den Oberjägermeister heran. Berta plumpst neben mich. Zufrieden ächzend bestellt sie ein Brot mit Geselchtem und dazu ein Vierterl Riesling.

»Ein Vierterl?«, frage ich erstaunt. »Sonst trinkst du doch höchstens ein Achterl? Oder einen Gspritzten?«

»Es ist heiß, viel zu heiß, und ich hab Durst!« Wie zur Bestätigung wischt sie mit der Hand über ihre Stirn, obwohl ich keinen einzigen Schweißtropfen erkennen kann.

Nachdem auch sie kulinarisch versorgt ist, wird Annerl eingehend gemustert. »Schnatterst du schon wieder über deine angebliche Beobachtung in Baden?«

»Na und?«, fragt sie empört zurück. »Du glaubst mir ja auch nix. Aber ich weiß, was ich g'sehn hab! Und das war schon sehr verdächtig!«

»Ist ja gut, Annerl. Ich glaub dir eh alles. Aber was sollen wir damit anfangen?«

»Vielleicht solltet ihr die Polizei informieren? Dieser Schreiner ist sicher dankbar für jeden Hinweis aus der Bevölkerung.«

Damit trifft Oberjägermeister Hans Sachenberger den Nagel auf den Kopf, allerdings nur zur Hälfte. Schreiner wäre sicher dankbar für jeden Hinweis, den er erhalten kann, aber sicher nicht, wenn dieser Hinweis aus Klein Schiessling, noch dazu von der Dorftratschen höchstpersönlich kommt.

Pummerl regt sich. »Das ist unlogisch!«

»Was ist unlogisch?«, schnauzt Annerl zurück, stößt den Dorfboss in die Seite und schüttelt missbilligend ihren Kopf.

Nun bequemt sich Pummerl endlich, Annerl anzusehen, indem er mühevoll sein bürgermeisterliches Haupt zur Seite neigt. »Wie kann jemand zweimal hintereinander in ein Haus gehen, ohne vorher wieder rausgekommen zu sein?«

Augenblicklich wird es ruhig am Tisch. Der Bürgermeister hat logisch kombiniert, doch Annerl grinst überlegen. Während sie sich die Antwort überlegt, springt Berta ein.

Kämpferisch stellt sie sich bildlich hinter Annerl und funkelt Pummerl über den Tisch hinweg an.

»So wie ich die Frau nicht reingehen gesehen habe, hat Annerl eben auch nicht gesehen, dass die zwischendurch wieder aus dem Haus raus ist.«

»Stimmt nicht!«, plärrt Annerl. »Ich gab g'sehn, wie sie wieder rauskommen ist.«

Gemeinderat Heinrich Silvaner und Günter Uhudler nicken bedächtig.

»Und wenn schon, Bürgermeister«, gibt Huaberl Burgunder seinen Senf dazu. »Du siehst ja auch nicht alles, was in deiner Gemeinde vor sich geht.«

Das hat gesessen. Pummerl verträgt es nicht, wenn er getadelt oder über ihn gelästert wird. Und diese Anspielung seines jüngsten Gemeinderates auf seine Inkompetenz empfindet er als beides. Er leert sein Glas, ruft die Heurigenwirtin, zahlt, wuzelt sich mühevoll aus seiner Sitzposition, schubst Annerl von der Bank und stapft grußlos von dannen.

»Ja hast sie no alle?« Annerl rappelt sich in die Höhe und pfaucht verärgert.

Weit kommt er allerdings nicht, weil ihm Pfarrer Miroslav Jankovic auf halbem Weg erhobenen Hauptes würdevoll entgegenschreitet.

»Wohin des Weges, Herr Bürgermeister?«, lächelt er huldvoll. »Die Liesel hat mir erzählt, dass Sie und ein paar weitere meiner kirchlichen Schäfchen beim Heurigen sitzen und da dachte ich, es sei eine gute Gelegenheit, vorbeizukommen. Es ist immer wichtig, Kontakte nicht nur von der Kanzel herab mit den Bewohnern und Bewohnerinnen zu pflegen.« Er räuspert sich. »Warum wollen Sie denn schon gehen? Haben Sie einen wichtigen Termin?« Pummerl schüttelt den Kopf. »Nein? Na also. Kommen Sie mit mir! Gehen wir wieder zurück.«

Der Dorfboss will seinen Klein Schiesslinger Kirchenpapst nicht verärgern. Wer weiß, wozu man ihn noch brauchen kann. Also fügt er sich gottergeben, macht kehrt, und nachdem er das Wort »Schnorrer« in sich hineingebrummt hat, stapft er lammfromm hinter dem Pfarrer her zurück zu seinem Platz.

Hochwürden tritt an den Tisch und hebt seine Hand, als wollte er uns alle segnen. »Was ich eigentlich sagen wollte«, beginnt er andächtig, doch keiner hört ihm zu. Zumindest beim Heurigen sollte er Ruhe geben, um den guten Tropfen ohne seine salbungsvollen Reden genießen zu können. Alle blicken tief in ihre Gläser oder mustern die grünen Blätter des Nussbaumes über ihren Köpfen.

Hochwürden ist dafür bekannt, in langen, ausschweifenden Sätzen zu sprechen, weil die verhindern, ihnen folgen zu können. So kann er von der Kanzel herab predigen, was er will. Hinterher weiß niemand mehr, worüber er eigentlich sprach. Aber keiner gibt zu, dass er null Komma nix verstanden hat. Die göttlichen Worte rauschen an ihren Ohren vorbei wie ein leichter Sommerwind.

»Grüß Gott, Hochwürden!«

Die Heurigenbesitzerin eilt geschäftstüchtig auf Miroslav Jankovic zu. Da beide Bänke um Pummerl herum besetzt sind, schiebt sie einen Sessel an die Kopfseite des Tisches und deutet ihm, Platz zu nehmen. Damit übernimmt der Pfarrer von Klein Schiessling sozusagen den Vorsitz am Heurigentisch.

»Was darf's denn sein, Herr Pfarrer?«

Der schaut sich um und sieht, wie Huaberl Burgunder genüsslich in ein Selchbrot, reichlich belegt mit Eischeiben und Gurkerln, beißt.

»So was hätte ich auch gerne, wenn es denn keine Umstände macht.«

»Schnorrer«, brummt Pummerl neuerlich.

Miroslav Jankovic bleibt von Annerls Beobachtung in Baden nicht verschont und wiegt bedächtig seinen Kopf.

»Das ist sehr interessant, Frau Passer. Darüber sollten Sie mit unserer Liesel sprechen, die weiß viel und kann sicher einiges dazu beizutragen, was Ihnen nicht bekannt sein dürfte.«

Mehr hat er nicht gebraucht. Eigentlich sollte er wissen, dass alles, was Liesel verkündet, Annerl auf die Palme bringt.

»Die war nicht dabei! Was soll die schon mehr wissen als ich?«, entgegnet sie wutschnaubend.

»Ist ja schon gut, Frau Passer. Ich wollte Ihre Kompetenz nicht in Frage stellen.« Besänftigend faltet er seine Hände wie zum Gebet und wirft einen hilfesuchenden Blick nach oben. Ganz nach oben geht nicht, weil die Krone des Nussbaumes die Sicht auf seine himmlischen Helfer versperrt.

Annerls Geplänkel kenne ich zur Genüge, deshalb höre ich nicht weiter zu und beobachte stattdessen einen Streifenwagen, der langsam um die Ecke unseres Kulturhauses biegt.

Sepp, denke ich und freu mich. Er hält vor dem Heurigen an, steigt aus und kommt auf uns zu.

»Griaß eich!«

»Ja, der Sepp«, flötet Annerl und lacht über das ganze Gesicht.

»Können wir kurz reden, Sandra?«

Ich nicke, stehe auf und wuzle mich an Bertas Knien vorbei. Ein paar Schritte vom Tisch entfernt sind wir ungestört.

»Heut kann ich leider nicht kommen«, flüstert er. »Angela und ich sind im Einsatz.«

»Ist was geschehen?«, will ich wissen, doch er schüttelt nur unmerklich den Kopf und nimmt mich erst einmal fest in seine Arme, ehe er den Grund dafür erklärt.

»Wir haben erfahren, dass heute Nacht auf dem großen Kundenparkplatz des Einkaufszentrums in Horn ein illegales Autorennen stattfinden soll. Und der Chef vermutet, dass die beiden Kriesensteins mit dabei sind. Er will, dass wir sie uns schnappen.« Wenn ich mir die Sache vorstelle, habe ich kein gutes Gefühl dabei.

»Pass auf dich auf, Sepp«, flüstere ich ihm ins Ohr. »Was man so hört, sind die beiden nicht ungefährlich.« Ich stoße einen tiefen Seufzer aus. »Die Berta, die Annerl und ich glauben sogar, dass die ihre Tante erschlagen haben, um an das Erbe heranzukommen.«

Er drückt mich fest an seine Brust, ich kann seinen Atem spüren und versinke in seiner Umarmung, die er leider viel zu rasch löst. »Wenn der Spuk vorbei ist, habe ich zwei Tage frei und die verbringen wir miteinander. Nur wir zwei! Ganz allein! Versprochen!«

»Pass auf dich auf, Sepp«, wiederhole ich, streiche ihm kurz über die Wange und sehe ihm nach, wie er zu seinem Streifenwagen stapft, wendet, mir kurz zuwinkt und davonfährt.

Ach, Sepp!

Kapitel 18

»Es geht los!«

Sepp Tauber liegt auf dem Bauch hinter einem Container, Angela Bauer dicht neben ihm. Sie haben den leeren Parkplatz des Einkaufszentrums im Auge, ohne selbst gesehen zu werden.

Zusätzlich zu der Aussage Christine Rehaks informierte ein anonymer Anrufer die Polizei über illegale Autorennen auf einem Horner Großparkplatz heute Nacht. Woher dieses Wissen kommt, hat er nicht gesagt. Inspektor Schreiner ordnete daher, ohne zu zögern, eine Überwachung des mutmaßlichen Schauplatzes an, obwohl Autorennen dieser Art ja nicht unbedingt in den Aufgabenbereich der Mordkommission fallen. Aber er ist wild darauf, den beiden von Kriesenstein, wenn sie denn daran teilnehmen, irgendetwas nachweisen zu können, weil er sicher ist, dass sie alles andere als Unschuldslämmer sind. Für ihn sind sie für beide Mordfälle verantwortlich. Leider fehlen ihm dafür bis jetzt die nötigen Beweise. Und wenn er ihnen schon keinen Mord nachweisen kann, dann doch wenigstens die Teilnahme an einem illegalen Autorennen. Aus diesem Grund wurden nicht nur die zuständigen Beamten der Verkehrspolizei, sondern auch Sepp Tauber und Angela Bauer auf den Plan gerufen.

Es ist kurz nach Mitternacht, als sich Motorengeräusch nähert. Eine dunkle Limousine taucht in der Finsternis auf. Nur wenige Meter vor ihnen bleibt sie mit einer kreischenden Vollbremsung stehen. Der Fahrer steigt aus, streckt sich, macht ein paar Schritte von seinem Wagen weg und wartet. Es dauert nicht lange, bis neuerlich dröhnende Motorengeräusche die nächtliche Ruhe stören und fünf weitere Autos auf dem Parkplatz auftauchen. Sie reihen sich neben die dunkle Limousine. Ein paar Mal wird das Gaspedal bis zum Anschlag durchgetreten, dann verstummt der Lärm. Autotüren öffnen sich, Fahrer steigen aus und gehen aufeinander zu. Leise unterhalten sie sich. Ihre Stimmen sind zu vernehmen, jedoch kein Wort zu verstehen. Kurz danach sprinten sie zurück zu ihren Wagen. Autotüren schlagen zu, Motoren heulen auf, Füße spielen mit dem Gaspedal, Auspuffgase schwängern die Luft. Plötzlich, wie auf ein geheimes Kommando, brausen sie mit Getöse Richtung Parkplatzausfahrt davon. Der Mond hat sich hinter einer tiefschwarzen Wolke versteckt, als wollte er diesen Unsinn nicht mitansehen.

Tauber und Bauer hören nur noch Blech an Blech reiben. Die Fahrer versuchen anscheinend, sich in die beste Position zu drängen. Sie geben Gas, lassen sich zurückfallen, geben neuerlich Gas und preschen vorwärts. Die Motoren heulen auf und verstummen wieder. Es ist ein Rennen ohne Rücksicht auf Verluste. Scheinbar stehen hohe Wettquoten auf dem Spiel. Leider konnte die Polizei bis dato nicht in Erfahrung bringen, wo diese Wetten abgeschlossen werden und wer hinter dem Ganzen steckt.

Kurze Zeit dröhnen die röhrenden Motoren auf der Bundesstraße Richtung Groß Burgstall, dann entfernen sich die Autos und sind nicht mehr zu hören.

Der Spuk ist vorbei! Vorerst zumindest.

In der Ferne ist Donnergrollen zu vernehmen, es naht ein Gewitter.

Sepp Tauber wendet sich seiner Kollegin zu.

»Konntest du eine Automarke oder ein Kennzeichen erkennen? Oder hast du vielleicht den alten Opel von Adele von Hofmeister gesehen?«

Angela schüttelt bedauernd den Kopf.

»Leider nein! Dazu ist es zu finster. Ich glaube aber, dass die Kennzeichen entweder abmontiert oder überklebt worden sind. Die sind nicht deppert, Sepp. Die machen das doch nicht zum ersten Mal.«

Angela Bauer steht schnaufend auf. »Viel mehr würde mich interessieren, ob unsere beiden Früchtchen wirklich dabei sind.«

»Ich kann mir nicht vorstellen, dass die sich so ein Rennen entgehen lassen. Wenn der anonyme Anrufer recht behält, dass sowohl Start als auch Ziel dieser Parkplatz hier ist, müssten sie zurückkommen und wir erwischen sie!«

Angela streckt den Rücken gerade, der von der unbequemen, am Bauch liegenden Position schmerzt, und nickt zuversichtlich. »Die Kollegen sind jedenfalls bereit.«

Auch Sepp Tauber erhebt sich aus der unbequemen Position, schüttelt den Staub von seiner Hose und grinst. »Wir auch!«

Es dauert nicht lange, dann dringt Motorenlärm aus Richtung Groß Burgstall an ihre Ohren, der lauter wird und das Donnern des Gewitters übertönt. Bauer, Tauber und die Kollegen der Verkehrspolizei stehen bereit, um die Fahrer dieses illegalen Rennens gebührend zu empfangen.

Als Erste schlittern zwei Kleinwagen, einer der beiden mit lädierten Seitentüren, auf den Parkplatz. Sie werden vor der unvermutet geschlossenen Schranke der hinteren Parkplatzausfahrt zum Halten gezwungen und drehen sich kreischend um die eigene Achse. Ihnen bleibt keine Zeit, sich darüber zu wundern oder ihre Kumpel zu warnen, denn diese haben ebenfalls bereits die Einfahrt passiert. Sie bremsen abrupt und schlittern neben die ersten beiden Wagen. Darunter befinden sich auch die dunkle Limousine und ein alter weißer Opel, welcher das Auto Adele von Hofmeister sein könnte.

Die Kollegen der Verkehrspolizei positionierten Flutlichter, während sie auf die Rückkehr der Rennfahrer warteten, die nun den Platz hell ausleuchten. Erst im Scheinwerferlicht sind die zahlreichen Kollisionsschäden an den beteiligten Wagen deutlich zu erkennen.

Die Schranke wird rasch hinter dem letzten Einfahrenden geschlossen.

Sepp Tauber und Angela Bauer halten sich im Hintergrund, sie sind nicht für diese illegalen Rennen zuständig, sondern wollen ausschließlich das Brüderpaar erwischen. Inspektor Schreiner hat ihnen aufgetragen, sie einstweilen unter dem Verdacht des Mordes an Ludmilla von Kriesenstein festzunehmen. Wie er ihnen das nachweisen will, ist ein anderes Kapitel, denn es gibt keine Beweise, nicht einmal Indizien. Und selbst die Verdachtsmomente würden dafür nicht ausreichen.

Kapitel 19

»Nehmen Sie Platz, meine Herren!«

Angela Bauer und Sepp Tauber haben Alexander und Fridolin von Kriesenstein nach dem illegalen Autorennen in den Streifenwagen verfrachtet. Um die restlichen Möchtegern-Rennfahrer kümmert sich zuständigkeitshalber die Verkehrspolizei. Die Nacht über haben die beiden in einer Zelle auf der Polizeistation verbracht, nun sitzen sie Chefinspektor Christian Fuchs und Inspektor Julius Schreiner laut protestierend gegenüber.

Christian Fuchs übergeht ihr Gemecker.

»Es ist besser, Sie entspannen sich, denn unsere Unterhaltung kann länger dauern!«

»Was erlauben Sie sich, uns so mir nix dir nix grundlos festzu nehmen? Sie haben nicht das …«

Schreiner bringt sie mit einer heftigen Handbewegung zum Schweigen.

»Ehe Sie aufbegehren, erklären Sie uns lieber erstens, was sie bewegte, an illegalen Autorennen teilzunehmen, wodurch Sie sich strafbar gemacht haben, und zweitens, wie Sie es fertigbrachten, Ihre Tante Ludmilla von Kriesenstein zu erschlagen, obwohl sie doch angeblich in der Steiermark und damit nicht einmal in deren Nähe waren.«

Der Inspektor richtet sich auf und wirft einen Blick auf den Chefinspektor. Dieser nickt und Schreiner setzt fort.

»Dass Sie Ihre Tante ermordet haben, steht für uns ebenso fest wie Ihre Teilnahme an diesen obskuren Autorennen.«

Alexander von Kriesenstein springt auf. »Diese nicht bewiesenen, ja haltlosen Beschuldigungen müssen wir uns nicht länger anhören! Wir wollen sofort unseren Anwalt sprechen!«

Christian Fuchs beginnt zu lachen. »Welchen meinen Sie? Den Senior, der wegen Demenz im Sanatorium weilt, oder den Junior, der sich in die Kanzlei seines Vaters erst einarbeiten muss?«

Merkwürdige Sache mit diesem Familienanwalt, überlegt Fuchs. Der Senior nicht mehr ganz da, und der Junior, Dr. Albrecht Paragraf, angeblich noch nicht eingearbeitet? Soweit bekannt ist, hat dieser doch in der Kanzlei seines Vaters schon längere Zeit mitgearbeitet. Ungläubig schüttelt er den Kopf.

Alexander von Kriesenstein fällt in seinen Sessel zurück, streckt die Beine von sich und schaut demonstrativ aus dem Fenster, während sein Bruder Fridolin in der Hosentasche zu kramen beginnt und umständlich ein Taschentuch hervorzieht, um sich damit über die Stirn zu wischen. Schreiner beobachtet ihn streng.

Sein Chef zieht gelangweilt die oberste Lade seines Schreibtisches auf, schaut allerdings nicht hinein, sondern schließt sie wieder. Es herrscht Ruhe. Schreiner entfernt ein Fluserl von seinem Ärmel und mustert Fridolin und Alexander von Kriesenstein neugierig.

»Holen Sie unseren Anwalt Dr. Albrecht Paragraf her. Der wird uns vertreten.«

»Das machen wir gerne!« Christian Fuchs wendet sich an Schreiner. »Kümmere dich darum!«

Dann fixiert er die beiden von Kriesenstein und setzt ein süffisantes Lächeln auf. »Allerdings, bis dieser eintrifft, bleiben Sie bei uns.«

Inspektor Schreiner grinst ebenfalls und lässt die beiden abführen.

»Was ganz anderes, Schreiner«, wendet sich sein Chef, nachdem die beiden weg sind, vertraulich an ihn. »Kommt es dir nicht auch merkwürdig vor, dass dieser Junioranwalt angeblich nicht eingearbeitet ist, obwohl er doch in der Kanzlei seines Vaters mitgearbeitet hat?«

Schreiner nickt versonnen. »Irgendwie schon, Chef.«

»Recherchier einmal alles, was du über ihn finden kannst. Vor allem sein Verhältnis zur Familie von Kriesenstein.«

»Mach ich, Chef.«

Annerl und ich marschieren auf das Polizeigebäude zu. Ich habe Sepp versprochen, ihn abzuholen, weil sein Privatfahrzeug zur Überprüfung in der Werkstatt steht und Angela Bauer mit dem Dienstwagen Streife fährt. Annerl hat sich mir sofort, als sie erfuhr, dass ich nach Horn fahre, angeschlossen, weil sie bei dieser Gelegenheit mit meiner Hilfe dem Bankomaten ihrer Bank einen Besuch abstatten will, um an ihr Geld zu kommen. Gemeinsam ist es uns gelungen, und sie hat vorerst einmal ihr Konto um einen erheblichen Teil mit der Begründung erleichtert, dass ihr Geld sicherer daheim liegt als auf einer Bank, zu der sie keinen persönlichen Kontakt mehr hat.

Danach ging sie vergnügt neben mir her Richtung Polizei, um Sepp abzuholen.

Gemeinsam laufen wir über einen langen Gang und studieren kurz die einzelnen Türschilder. Rechts von uns wird eine Tür aufgerissen, hinter der Sepp auftaucht, während am Ende des Ganges gleichzeitig ein uniformierter Polizist mit zwei Männern aus dem Chefzimmer quillt. Die drei stapfen auf uns zu, da brüllt Annerl plötzlich, sodass mir vor Schreck das Herz fast in die Hose rutscht.

»Das ist er!« Sie reißt den rechten Arm in die Höhe, ihr Zeigefinger schnellt in Richtung der beiden Männer und vor Erregung hüpft sie in die Höhe. Sepp nickt grüßend seinem Kollegen, der in Begleitung von Alexander und Fridolin von Kriesenstein an uns vorbeimarschiert, zu und beugt sich zu Annerl. »Wer ist was?«

Sie stöhnt auf. »Na, der Mann, den ich im Rosarium mit dieser Pflegerin streiten g'sehn hab!«

Die beiden Männer in polizeilicher Begleitung haben inzwischen das Ende des Ganges erreicht. Meine Neugierde ist geweckt.

»Welchen meinst du, Annerl? Den Polizisten?«

»Bist du von gestern übrigblieben, Sandra?«, pflastert sie los. »Den mit der grünen Lederjacke natürlich!«

Natürlich!

Im Augenblick scheint es mir nicht unbedingt zwingend, dass sie von den drei Männern gerade diesen Mann in der grünen Lederjacke gemeint hat.

»Das ist derselbe, der damals mit dieser Rehak im Rosarium g'stritten hat. Der hat genau dieselbe Jacke ang'habt!« Sie schnauft. »Hab ich doch erzählt! Merkst du dir überhaupt nix mehr?«

Sepp wirft mir einen verständnislosen Blick zu und ich zucke ahnungslos mit den Schultern.

»Bist du dir sicher, Annerl, dass du den Mann schon einmal gesehen hast?«, fragt er deshalb nach und fixiert sie eingehend. »Der in der grünen Lederjacke ist Fridolin von Kriesenstein.«

In meinen Ohren rauscht es und die Dinge drehen sich wie ein Ringelspiel im Kreis.

Fridolin von Kriesenstein kennt also, wenn Annerls Beobachtung stimmt, Maria Rehak, die ehemalige Pflegerin von Adele von Hofmeister.

Adele von Hofmeister kannte wiederum die beiden Neffen von Kriesenstein, hatte ihnen sogar ihr Auto überlassen und wurde von Maria Rehak betreut, die wiederum im Doblhoffpark mit Fridolin von Kriesenstein gestritten hat. Worüber? Wie hängt das zusammen? Wer kennt wen? Alles dreht sich in meinen Kopf, sodass mir fast, aber nur fast, schwindlig wird. Karussell im Wiener Prater ist Dreck dagegen.

Und während es in meinem Kopf drunter und drüber geht, eilt Sepp ins Chefzimmer, um Christian Fuchs darüber zu informieren.

Der macht einen Schritt vom Fenster weg und geht zurück zum Schreibtisch, neben dem Inspektor Julius Schreiner mit offenem Mund sitzt und Sepp verärgert zuhört. Alles, was aus Klein Schiessling kommt, vor allem aber, was von Annerl Passer kommt, ist ihm suspekt und zuwider.

»Setz dich, Tauber.«

Schreiner vergisst, seinen Mund zu schließen, und Christian Fuchs zieht, während er zuhört, grübelnd die Stirn in Falten. Nach einer Weile fragt er: »Wieso ist diese Passer da?«

»Sandra wollte mich abholen, weil mein Auto in der Werkstätte steht, und Annerl Passer hat sie begleitet. Beide sitzen draußen vor der Tür auf der Bank.«

»Bring sie rein, Tauber!«

Annerl schreitet geschäftig vor mir her, zuckt allerdings zusammen, als sie Schreiner neben dem Schreibtisch sitzen sieht.

Sepp rückt uns zwei Sessel zurecht und wir nehmen Platz.

»Also, Frau Passer«, spricht Christian Fuchs Annerl an, »erzählen Sie uns einmal genau den Ablauf Ihrer Beobachtung.«

Annerl streckt sich, sodass sie ein paar Zentimeter größer erscheint, und berichtet zuerst über die Beobachtung, wie Maria Rehak ein zweites Mal in das Haus ging, danach die Begegnung zwischen Rehak und einem Mann im Rosarium.

»Die ham fest g'stritten miteinander. Und mit den Armen hat der herumg'fuchtelt, dass ich denkt hab, gleich schmiert er ihr eine.«

»Und Sie sind sich sicher, dass es sich um denselben Mann handelt, den Sie eben in Begleitung des Polizisten gesehen haben?«

»Ja! Ganz sicher«, antwortet Annerl aufgeregt. »Er hat sogar dieselbe grüne Lederjacke an wie damals in Baden.«

Inspektor Schreiner gibt sich skeptisch und schlägt eine Gegenüberstellung vor.

»Bring die beiden Neffen und zwei weitere Personen vom Büro in das Vernehmungszimmer«, beauftragt er Sepp Tauber. »Schauen wir, was dann passiert. Und, Tauber, er soll seine Lederjacke ausziehen, damit wir sicher sein können, dass Frau Passer Fridolin von Kriesenstein und nicht nur die Jacke wiedererkennt.«

Nachdem Sepp das Zimmer verlassen hat, bittet uns der Chefinspektor, draußen zu warten.

»Jetzt wird's spannend!«

Annerl zappelt aufgeregt mit den Füßen und ich krame aus meiner Handtasche ein Päckchen Kaugummi.

»Da hast, vielleicht beruhigt dich der ein bisserl.«

Entsetzt schaut sie mich an.

»Willst, dass mein Gebiss rausfallt oder am Kaugummi picken bleibt?«

Grinsend stecke ich das Päckchen wieder ein. Es dauert nicht lange, da werden wir von Sepp in einen Raum geführt, wo hinter einer Glaswand fünf Personen stehen mit dem Gesicht zu uns, und jeder hält eine Tafel mit einer Nummer in der Hand.

»Wenn die jetzt zum Tanzen anfangen«, grinst Annerl schelmisch, »wird's lustig. Dann ist das wie in der Fernsehsendung letzte Woche, wo lauter halbnackerte Weiber mit Tafeln in der Hand über an Laufsteg g'hupft san.«

Christian Fuchs unterbricht unser Gelächter und deutet auf die in Reih und Glied postierten Männer.

»Erkennen Sie einen davon, Frau Passer?«

Er wartet ab und ich bin gespannt, ob Annerl den richtigen herauspickt. Sie geht mit ihrer Nase näher an die Glasscheibe ran, ruckt mit dem Kopf zurück und wieder vor, dann dreht sie sich zu uns um.

»Der mit der Nummer vier! Des is er!«

»Sind Sie sich ganz sicher, Frau Passer?«

Inspektor Schreiner hat sich zu uns gesellt und reibt zufrieden die Hände aneinander.

»Natürlich! Ich bin doch nicht deppert. Ich weiß, was ich g'sehn hab!«

Nach der Gegenüberstellung werden wir hinauskomplimentiert und ich eile mit Sepp und Annerl zu meinem Auto, das gegenüber dem Polizeigebäude in einer engen Lücke steht.

»War des jetzt dieser Kriesenstein oder net?«

Sepp schaut mich, während er neben mir im Auto Platz nimmt, von der Seite an und ich muss lachen. Langsam dreht er sich zu Annerl, die hinter ihm sitzt, um.

»Ja, Annerl. Du hast ihn richtig erkannt. Es war Fridolin von Kriesenstein.«

Kapitel 20

Der Chefinspektor kehrt mit seinem Inspektor nach der Gegenüberstellung in sein Büro zurück.

»Frau Passer hat Fridolin von Kriesenstein erkannt. Wir sollten die beiden nochmals herholen. Und lade auch deren Anwalt, Dr. Albrecht Paragraf, vor, der die Kanzlei seines Vaters übernommen hat. Ich möchte ihn zu gerne persönlich kennenlernen, um mir ein Bild von ihm machen zu können.«

»Hoffentlich kennt er sich mittlerweile in der Kanzlei seines Vaters aus, und weiß wenigstens«, meint Schreiner sarkastisch, »wo die Bleistifte liegen.«

Christian Fuchs lacht und sein Inspektor setzt fort:

»Ich habe ein wenig über ihn recherchiert.«

Neugierig mustert ihn sein Chef.

»Und? Hast du was herausgefunden?«

»Natürlich!«

Stolz über seine erfolgreiche Recherche trommelt er mit einem Kugelschreiber auf seinen Notizblock.

»Dr. Albrecht Paragraf ist hoch verschuldet.«

Angela Bauer schiebt Alexander und Fridolin von Kriesenstein durch die Tür des Chefzimmers und macht sogleich wieder kehrt. Ihr junger Kollege wartet draußen auf sie.

»Haben die zwei was auf dem Kerbholz?«

»Kann schon sein«, mutmaßt Angela Bauer und schließt die Tür hinter sich. »Theoretisch könnten sie für den Mord an Ludmilla von Kriesenstein verantwortlich sein.«

Obwohl sie den sensationslüsternen Blick des Kollegen wahrnimmt, reagiert sie nicht weiter darauf. Sie weiß selbst zu wenig und möchte deshalb auch nicht darüber reden.

Eilig machen sie sich auf den Weg zu ihrem Streifenwagen, um ihre Fahrt nun in die entgegengesetzte Richtung fortzusetzen. Ihre erste Tour führte bis Klein Schiessling, nun geht es zurück Richtung Zwettl.

»Was sagen Sie da?«

Chefinspektor Christian Fuchs springt vom Sessel und reißt sein Telefon fast vom Schreibtisch.

»Sie haben richtig gehört«, antwortet der Badener Polizeikollege Karl Klimczak. »Die Pflegerin von Adele von Hofmeister, Maria Rehak, sitzt bei uns im Vernehmungsraum, während ihre Wohnung durchsucht wird. Wir haben die Person schon längere Zeit im Verdacht, entweder den Mord an Adele von Hofmeister begangen zu haben oder zumindest daran beteiligt gewesen zu sein. Deshalb stand sie unter ständiger polizeilicher Beobachtung. Nebenbei haben wir ein scharfes Auge auf ihren jetzigen Pflegling, Franziska Hammer, um unter Umständen einen weiteren Mord verhindern zu können.«

Christian Fuchs kann es nicht fassen. Er war bisher viel zu sehr mit dem Mord an Ludmilla von Kriesenstein beschäftigt, um den an Adele von Hofmeister zu verfolgen. Sollte Annerl Passer mit ihrer Beobachtung richtig liegen, dann hätte die Pflegerin tatsächlich die alte Frau erschlagen? Rasch informiert er seinen Gesprächspartner über Annerls Beobachtung, welche diese seinerzeit in Baden gemacht hat.

»Sie glauben, dass Rehak beim ersten Mal, als sie die Villa betrat, Adele von Hofmeister erschlagen hat, sich aus der Villa schlich, um ein zweites Mal laut rufend neuerlich hineinzugehen, um sich von den Passagieren des Reisebusses ein Alibi zu verschaffen?« Er schnauft. »Das ist ja ein Ding!«

»Und«, stellt Christian Fuchs nach kurzer Überlegung die Frage, »trauen Sie Rehak diesen Mord zu?«

»Das ist schwer zu sagen.« Klimczak stößt einen tiefen Seufzer aus. »Noch leugnet sie. Wir sind jedoch zuversichtlich, dass wir bei der Durchsuchung ihrer Wohnung Hinweise finden werden, um sie des Mordes anklagen zu können.«

Christian Fuchs presst den Hörer fester an sein Ohr, um ja nichts zu verpassen.

»Wir haben unter anderem erfahren«, spricht Kollege Klimczak weiter, »dass Adele von Hofmeister dem Briefträger anvertraute, dass ihr wertvoller Schmuck fehlt, den wir bei der Durchsuchung der Wohnung zu finden hoffen. Überdies vermutete sie, dass Maria Rehak ihre Dokumente durchwühlt und dabei auch ihr Testament gefunden haben könnte. Aus diesem Grund plante die alte Dame, dieses zu ändern. Ursprünglich wollte sie einen größeren Geldbetrag einer Tierschutzorganisation vermachen, der Rest des Geldes sowie die Villa samt Grundstück sollten aus Dankbarkeit für die lange Pflege an Maria Rehak gehen. Sie habe jedoch überlegt, ihr Testament zu ändern und sich wegen der Vorfälle gänzlich von der Pflegerin zu trennen.«

Christian Fuchs nickt. Er kann sich die Geldgier der Pflegerin gut vorstellen. Warum warten, bis die Alte stirbt, wenn man ganz einfach nachhelfen kann, um sofort an das Vermögen zu kommen?

»Damit hat Adele von Hofmeister ihr Todesurteil unterschrieben.«

»Ja, Kollege, so schaut's aus! Maria Rehak sitzt bereits seit zwei Stunden bei uns im Vernehmungsraum, wo sie nach langem Leugnen zumindest zugegeben hat, einige Schmuckstücke entwendet zu haben. Mit dem Mord will sie allerdings nichts zu tun haben.« Christian Fuchs sortiert diese Neuigkeiten.

»Es stellt sich nun für uns die Frage«, meint er nachdenklich, »ob Rehak für zwei Morde, nämlich auch für den an Ludmilla von Kriesenstein, verantwortlich ist. Wie wir wissen, ist die Tochter Rehaks mit einem der Brüder von Kriesenstein verbandelt. Diese könnten von der Tat Rehaks erfahren und sie daraufhin erpresst haben.«

»Entweder sie bringt auch Ludmilla von Kriesenstein um, oder sie gehen zur Polizei«, ergänzt Kollege Klimczak.

»Genau! Und aus Angst davor könnte Rehak Ludmilla von Kriesenstein ebenfalls erschlagen haben.«

Christian Fuchs schüttelt sich. Was für Menschen leben denn in der heutigen Zeit?

»Das kann ich mir sehr gut vorstellen«, pflichtet ihm der Badener Kollege bei und nickt, was Christian Fuchs allerdings nicht sehen kann. »Denn, wir beide wissen, wer einmal einen Mord begangen hat, dem fällt ein weiterer nicht schwer.«

Christian Fuchs hört Papier rascheln, dann spricht Klimczak weiter: »Bis jetzt bestreitet sie zwar heftig, den Mord begangen zu haben. Da aber die beiden Neffen Ihres Mordopfers, Kollege Fuchs, auch durch unseren Fall geistern, halte ich es durchaus für möglich, dass entweder Maria Rehak auch Ihre Täterin ist oder diese Kriesenstein-Brüder unter Umständen unsere Täter sind.«

Kollege Klimczak seufzt. »Ich muss mich jetzt leider verabschieden. Ich muss zurück in den Vernehmungsraum. Mal schauen, wie weit die Kollegen inzwischen gekommen sind. Außerdem möchte ich Rehak mit der Beobachtung Ihrer Zeugin konfrontieren. Ich bin neugierig, was sie dazu sagt. Vor allem aber bin ich gespannt, ob sie die Leute aus dem Bus wirklich als Alibi angibt. Die Protokolle sowohl über das Verhör als auch über die Durchsuchung der Wohnung lasse ich Ihnen zukommen.«

Christian Fuchs bedankt sich und hält den Hörer noch eine Weile an sein Ohr gepresst.

Zwei Stunden später betritt ein smarter Anwalt das Chefzimmer und eilt mit vorgestreckter Hand auf Christian Fuchs zu.

»Dr. Albrecht Paragraf, guten Tag!« Kräftig schüttelt er Fuchs die Hand. Schreiner übergeht er, was diesem ohnehin lieber ist, weil durch das Händeschütteln mehr Bazillen und Viren übertragen werden als ihm lieb ist.

»Wie ich höre, brauchen zwei meiner Mandanten Rechtsbeistand?«

»Nehmen Sie erst einmal Platz, Herr Doktor!«

Christian Fuchs deutet auf den Sessel vor seinem Schreibtisch und mustert sein Gegenüber. Der Anwalt ist etwa eins achtzig groß, schlank, mit Kurzhaarschnitt und Dreitagebart. Ein bisserl verlebt schaut er aus, stellt Christian Fuchs fest. Zu seinem Nadelstreifsakko trägt er eine durchlöcherte Jeans und helle Sneakers. Nicht unbedingt die Businesskleidung eines Anwalts. Was allerdings auffällt, sind seine von Nikotin gelbverfärbten Finger und der intensive Geruch nach Zigarettenrauch. Durch diesen Anblick fällt Schreiner wieder ein, dass Susanne Magerl ihm erzählt hat, der Täter habe stark nach Tabak gerochen. Diesen Hinweis muss er unbedingt im Hinterkopf behalten.

Kaum haben Alexander und Fridolin von Kriesenstein das Chefzimmer betreten, wendet sich Dr. Albrecht Paragraf an den Chefinspektor.

»Was werfen Sie meinen Mandanten vor?«

Während er den Chefinspektor mit stechendem Blick mustert, schüttelt er auch den Brüdern kräftig die Hände.

Schreiner schiebt zwei Sessel neben Dr. Albrecht Paragraf und setzt sich wieder hin. Dass ihn dieser Anwalt nicht zur Kenntnis nimmt, ist ihm egal. Die Antipathie beruht auf Gegenseitigkeit.

»Ihre Mandanten werden beschuldigt«, eröffnet Christian Fuchs das Gespräch, »Ludmilla von Kriesenstein am«, er blättert kurz durch die Akte und nennt dem Anwalt Datum und Uhrzeit, »im Park von Schloss Kriesenstein erschlagen zu haben.«

Alexander und Fridolin springen empört auf, doch Dr. Paragraf zwingt sie mit energischer Handbewegung auf ihre Plätze zurück.

»An diesem Tag waren wir doch Vormittag bei Ihnen und am Abend in der Steiermark«, stottert Alexander und schaut den Anwalt mit aufgerissenen Augen an. »Wir haben Vollmachten unterschrieben, erinnern Sie sich nicht?«

Umständlich zieht Dr. Albrecht Paragraf ein Tablet aus seiner Aktentasche und wischt darauf einige Male herum. Dann schaut er auf und schüttelt den Kopf. »Das ist unmöglich, meine Herren! Zu genau dieser Zeit war ich unterwegs. Ich kann Sie also gar nicht empfangen haben.«

Ungläubig stieren ihn Alexander und Fridolin von Kriesenstein an, was weder Christian Fuchs noch Julius Schreiner entgeht. Irgendeiner lügt hier. Es ist schon sehr ungewöhnlich, dass ein Anwalt das Alibi seines Klienten widerlegt. Irgendwo ist da ein Wurm drin, denkt der Chefinspektor. Doch er lässt sich seine Zweifel nicht anmerken, weil die Tatzeit achtzehn Uhr gewesen ist und der Vormittag im Augenblick keine Rolle spielt. Deshalb geht er der Sache nicht weiter nach. Auch Schreiner übergeht die Szene kommentarlos. Die Brüder sehen erst sich, dann ihren Anwalt ungläubig an. Genau in diesem Moment zieht Dr. Albrecht Paragraf ein silbernes Zigarettenetui aus der Hosentasche und öffnet es bedächtig.

»Hier wird nicht geraucht!«, schnauzt Schreiner empört, doch Christian Fuchs legt ihm die Hand auf den Arm.

»Darf ich auch eine haben?«

Zögernd hält ihm der Anwalt das Zigarettenetui entgegen, doch Christian Fuchs zieht keine Zigarette, sondern das ganze Etui an sich.

»Ein schönes Etui haben Sie da. Sogar mit Initialen!«

Der Chefinspektor lässt das silberne Ding, welches kunstvoll graviert ist, durch seine Hände gleiten, dann hält er abrupt inne und mustert Dr. Paragraf.

»Leider sind die Initialen falsch, Herr Doktor.« Er dreht die Tabatiere in alle Richtungen und bemerkt, dass sich der Gesichtsausdruck des Anwaltes verändert. War er zuvor noch nonchalant unterwegs, so sitzt er nun nicht mehr ganz so sicher auf seinem Sessel.

Christian Fuchs reicht das Etui an Schreiner weiter und mustert lächelnd sein Gegenüber. Die beiden von Kriesenstein hängen bedröppelt in ihren Sesseln, während der Anwalt auf seinem herumwetzt.

»Das sind die Initialen von Adele von Hofmeister!«, mutmaßt Schreiner über den Schreibtisch hinweg ins Blaue. Er bringt dies so überzeugend hervor, dass niemand den Bluff durchschaut. »Ich erkenne sogar das Familienwappen mit den beiden Fasanen. Wie kommen Sie an diese Tabatiere?«

Christian Fuchs wundert sich über seinen Inspektor, dass er die Situation so rasch erkannt hat, und studiert gleichzeitig die Mimik des Anwalts. Heimlich muss er grinsen. Er hätte nicht im Traum daran gedacht, diesen Kerl so rasch klein zu kriegen.

»Geben Sie es zu, das gehörte Adele von Hofmeister!«, legt Schreiner nach und Christian Fuchs mustert den Angesprochenen interessiert. »Erklären Sie uns, wie dieses außergewöhnliche Stück in Ihre Hände gelangt ist!«

»Und überlegen Sie gut, was Sie sagen«, pfaucht Schreiner hinterher, »denn im Gegensatz zu Ihren beiden Mandanten haben Sie im Augenblick keinen Rechtsbeistand an Ihrer Seite.«

»Ich habe es geschenkt bekommen.«

Aha!

»Und von wem?«, hakt Schreiner nach.

»Daran erinnere ich mich nicht mehr.«

Nachdem der Anwalt weg ist und die Brüder zurück in ihre Zelle gebracht wurden, beugt sich Christian Fuchs zu seinem Inspektor.

»Dein Bluff war gut, Schreiner«, lobt er ihn. »Und wie fandest du die Reaktion der beiden auf die Behauptung des Anwalts, er sei zu besagter Zeit nicht in der Kanzlei gewesen?«

»Unglaubwürdig, Chef!«

»Finde ich auch, Schreiner. Denn warum sollten die Brüder so etwas behaupten, wenn es nicht stimmt?« Der Chefinspektor nickt bedächtig.

»Sind die beiden womöglich doch unschuldig?«, fragt er Schreiner nachdenklich und kratzt sich dabei am Hinterkopf.

»Aber wer hat dann Ludmilla von Kriesenstein erschlagen?«

Auf diese Frage weiß keiner eine Antwort!

Kapitel 21

»Noch etwas, Schreiner!«

Christian Fuchs informiert ihn über das Telefonat mit dem Badener Polizeikollegen.

»Die sollen uns schleunigst die Protokolle zukommen lassen, Chef, damit wir endlich mit unserem Fall weiterkommen. Denn, dass die Morde an den beiden Adeligen zusammenhängen, haben wir doch von Anfang an vermutet.«

Christian Fuchs schaut auf.

»Ja, wir haben es vermutet, Schreiner. Vermutet!«

»Und jetzt liegt es auf der Hand, Chef. Diese Pflegerin wollte sofort reich werden, nicht erst nachdem die Alte tot ist. Wahrscheinlich hat sie sich nach der Tat ihrer Tochter anvertraut und die hat alles ihrem vermeintlichen Verlobten, Fridolin von Kriesenstein, weitererzählt.«

Den Chefinspektor stört ein Flankerl auf seinem Ärmel, welches er umständlich entfernt und dabei bedächtig nickt.

»So könnte es gewesen sein, Schreiner. Aber dafür brauchen wir Beweise!«

»Chef, was wollen Sie denn noch? Die Brüder haben erfahren, dass Maria Rehak Adele von Hofmeister erschlagen hat und sich gedacht, wenn diese auch Ludmilla von Kriesenstein umbringt, kommen sie rasch an ein beträchtliches Erbe, das sie dringend gebrauchen können. Hängt doch schon lange der Pleitegeier über ihren Köpfen. Und da die Pflegerin nicht freiwillig ins Waldviertel gefahren wäre, um Ludmilla von Kriesenstein für sie zu erschlagen, haben sie sie erpresst. Rehak ist gar nichts anderes übriggeblieben, als auf die Forderung der beiden einzugehen, wenn sie nicht im Knast landen wollte.«

»Und um nicht selbst in Verdacht zu geraten, ihre Tante erschlagen zu haben, sorgten die Brüder für ein sicheres Alibi«, ergänzt der Chefinspektor.

»Genau, Chef. Was allerdings der Anwalt nicht bestätigt!«

»Da fällt mir noch etwas ein.« Schreiner räuspert sich und krampft die Finger ineinander. Eigentlich wollte er den Fund, den ihm Tauber seinerzeit übergeben hat, ignorieren, aber nun würde er gut ins Bild passen.

»Tauber hat mir einen verschmutzten Stein, der im Schlosspark von Kriesenstein an dem vermeintlichen Tatort gefunden wurde, übergeben, den die Spurensicherung als kleinen Diamanten ausgewiesen hat. Ist bekannt, ob Ludmilla von Kriesenstein bei ihrem Ableben ein Schmuckstück mit Diamanten getragen hat, aus dem sich bei dem Überfall ein Stein gelöst haben könnte?«

»Das kann ich nicht sagen, Schreiner.«

»Es wäre doch möglich, Chef, dass diese Adelige einen Ring oder ein Armband mit Diamanten getragen hatte, welches ihr nach der Tat aus Gier vom Finger oder von der Hand gerissen wurde, wobei sich ein Stein gelöst haben könnte.«

Der Chefinspektor blickt verwundert auf seinen kleinen Inspektor. »Schreiner! Du entwickelst ja Fantasie!«

Der fühlt sich durch das Lob geschmeichelt und fabuliert weiter. »Alexander und Fridolin von Kriesenstein konnten obendrein auch nicht mit der Geschwätzigkeit der Weiber im Umfeld der Toten rechnen. Ohne diese hätte Tauber von Franziska Hammer, die jetzt von Rehak betreut wird, nicht erfahren, dass deren Tochter, Christine Rehak, mit Fridolin von Kriesenstein verbandelt ist.«

Der Chefinspektor lässt diese Eindrücke durch seinen Kopf wandern, dann nickt er zustimmend.

»Ja, so könnte es sich abgespielt haben.« Nachdenklich streicht er über seine ergrauten Schläfen. »Aber wo finden wir Beweise dafür?«

Ruckartig schiebt er seinen Sessel zurück, steht auf und marschiert ans Fenster. Nach einer Weile, die Schreiner wie eine Ewigkeit vorkommt, dreht er sich langsam um.

»Es wäre doch interessant zu wissen, ob Ludmilla von Kriesenstein ein Lieblingsschmuckstück hatte, das sie ständig trug.«

Entgeistert mustert ihn Schreiner. »Ein Lieblingsschmuckstück? Was hat ein Lieblingsschmuckstück mit unseren Ermittlungen zu tun?«

»Geh, Schreiner! Eben hast du noch so viel Fantasie entwickelt. Denk doch nach! Ein Lieblingsschmuckstück trägt man ständig. Und da wir wissen, dass bei der Toten kein Schmuckstück gefunden wurde, könnte dieses der Täter oder die Täterin an sich genommen haben, wobei sich ein Stein gelöst hat. Hast du doch eben selbst gesagt in deinem Fabulierwahn.«

Schreiner gefällt das Wort »Wahn« überhaupt nicht. Was soll das? Da ist er bemüht, logisch alle Fakten zu ordnen und miteinander in Verbindung zu bringen, und sein Chef wertet das ab als Wahn!

Christian Fuchs mustert Schreiner, der seine Stirn in tiefe Falten gelegt hat und verärgert dreinschaut. Heimlich muss er lachen, wenn er sich vorstellt, was Schreiner von seinem Vorschlag hält, den er ihm gleich unterbreiten wird.

»Du könntest dich in Klein Schiessling umhören, ob eine dieser Dorftratschen eventuell …«

»Nein, Chef!«, unterbricht ihn der sofort. »Ich nicht! Das soll Tauber machen. Sie wissen, ich kann mit diesen Weibern nicht kommunizieren, ohne in die Luft zu gehen.«

»Dann versuch es halt bei den männlichen Dorfbewohnern. Wie uns Sepp Tauber unlängst erzählt hat, haben doch die Klein Schiesslinger Weinbauern auch Schloss Kriesenstein beliefert.

Dabei könnte einem von denen etwas aufgefallen sein, was uns weiterhilft.«

Empört reißt Schreiner den Kopf in die Höhe.

»Ja, glauben Sie denn, Chef, dass das besser ist? Diese Klein Schiesslinger sind doch alle gleich! Egal ob Mann oder Frau. Die sind stur, stupide und verstockt! Und sie gehen mir buchstäblich alle auf die Nerven.«

»Geh, Schreiner«, meint sein Chef versöhnlich. »Probier es halt. So schlimm wird es schon nicht werden.«

Schreiner sinkt in sich zusammen und murrt unverständliches Zeug in seinen nicht vorhandenen Bart. Er trug noch nie einen Bart. Sein Gesicht hat er stets korrekt glattrasiert, was zur steifen Kleidung bestehend aus Anzug, Hemd und Krawatte vorzüglich passt. Man hat ihn im Amt noch nie ohne Anzug und Krawatte gesehen, egal wie heiß es draußen ist. Und im Augenblick, es ist immerhin Anfang August, herrscht Windstille und Sommerhitze wie schon lange nicht mehr. Stöhnend erhebt er sich, streicht seine Hose glatt und schiebt seinen Sessel zurück an den cheflichen Schreibtisch.

Christian Fuchs blickt ihm lachend hinterher.

»Du schaffst das schon, Schreiner!«

Kapitel 22

Auf der Fahrt von der Polizeistation Horn nach Klein Schiessling halte ich kurz in Eggenburg, um beim Bäcker einzukaufen. Mohnstrudel, Brot, Kümmelweckerl und vier Semmeln. Nachdem ich ein paar freundliche Worte mit der Verkäuferin gewechselt habe, die mir stolz vom erfolgreichen Studienabschluss ihrer Tochter erzählt, verstaue ich meinen Einkauf in einem mitgebrachten Stoffbeutel, und stapfe, nachdem ich bezahlt und mich verabschiedet habe, zum Auto zurück. Ich hatte es in der Kurzparkzone im Grätzel abgestellt. Den Einkauf lege ich neben Annerl auf den Rücksitz.

»Das hat aber lang dauert«, murrt sie und rückt ihren knochigen Hintern zurecht. Während meines Einkaufs blieb sie mit Sepp im Auto sitzen, um ihm Gesellschaft zu leisten. Sie weiß, dass Sepp nicht so der typische Einkäufer ist und lieber im Auto hocken bleibt, als sich in einem Laden anzustellen. Essen schon, aber nicht einkaufen!

Während der Weiterfahrt hängen wir still unseren Gedanken nach. Annerl sitzt ausnahmsweise einmal ruhig, ohne zu schnattern, hinter mir und Sepp neben mir grinst.

Es geht auf Mittag zu und im Wagen ist es trotz Klimaanlage heiß.

»Mir ist heiß und ich hab Hunger!«, mault es von der Rückbank.

Ich drehe mich um, nachdem ich einen Traktor überholt habe, der schon eine Weile vor mir her gezockelt ist, und muss lachen. Sie zupft am Ausschnitt ihrer Kurzarmbluse, den sie über die linke Schulter weit nach unten gezogen hat, und wirkt sexy wie Carmen in Verzweiflung.

»Wie schaust du denn aus? Ist dir vielleicht heiß?«

»No na! Kannst du aber deppert fragen. Immerhin ham ma dreißig Krügerln im Schatten.«

»Wir sind gleich daheim«, versuche ich, sie zu trösten. »Dann setzen wir uns unter die Pergola und trinken im Schatten erst einmal einen kalten Gspritzten, danach mache ich uns ein paar belegte Brote.« Sepp neben mir grinst noch immer und Annerl gibt sich vorerst damit zufrieden. Das ändert sich jedoch augenblicklich, als ich unsere Ortstafel passiere und Schreiners Auto vor dem Kulturhaus parken sehe. Auch das noch!

»Was will denn der schon wieder da?«

Ich zucke mit den Schultern, gebe Gas und biege, ohne von Schreiner erkannt zu werden, in die Kellergasse ein. Danach fahre ich mit Vollgas weiter bis zu mir nach Hause.

Endlich sitzen wir im Schatten unter der Pergola und mein Blick schweift stolz über das im Frühjahr frisch angelegte Blumenbeet. Da die Fläche von zwei hohen Föhren leicht beschattet wird, habe ich Sterndolden und Waldgräser abwechselnd gesetzt. Beide zusammen vermitteln einen anmutigen, luftigen und zarten Anblick, vor allem dann, wenn ein leichter Wind mit den Halmen der Gräser spielt. Man gewinnt den Eindruck, in eine duftige Blumenwiese zu schauen.

»Schön ist dein Beet geworden«, bestätigt mir Sepp in diesem Moment, womit er mich aus meinem Schwärmen reißt. Annerl reckt den Hals und nickt zustimmend.

»Ja, stimmt! Aber meine neue Rose, die *Julie Eyes,* ist auch schön und duftet herrlich. Glaubst du, Sandra«, sie schiebt sich einen Butterkeks in den Mund und nuschelt, »dass ich a solche Rose in an Topf setzen kann? Im Hof wär Platz und des alte Holzfassl wär dann a nimmer leer.«

»Oh, Annerl. Die Idee finde ich gut! Das stell ich mir schön vor. Diese romantische Rose in einem Holzfass! Super!«

Ich tätschle ihre Hand. »Wenn du willst, können wir morgen in die Gärtnerei fahren. Vielleicht will ja die Berta auch mitkommen? Die könnte, so wie ich, ihre Sommerblumen in den Töpfen und Trögen gegen winterharte Stauden tauschen.«

Im letzten Jahr habe ich mich von den Standard-Sommerblumen verabschiedet, weil die ohnehin nicht lang schön sind und jedes Jahr viel Geld kosten. Zusätzlich habe ich in einer Gartenzeitschrift gelesen, dass diese nur unter enormem Energieaufwand erzeugt werden können, was in der heutigen Zeit reine Verschwendung bedeutet. Also habe ich mich entschlossen, anstatt der üblichen Petunien und Co. lieber winterharte Stauden und Gräser nicht nur in die Beete, sondern auch in Töpfe, Kisterln und Ampeln zu pflanzen.

Damit habe ich bis weit über den Herbst hinaus etwas Blühendes, vorausgesetzt, man wählt die richtigen Pflanzen. Das ist nicht schwer, bieten doch die heimischen Gärtner Unmengen solcher Stauden an, die wohl auch Geld kosten, die Ausgaben sich jedoch auf ein einziges Mal beschränken und nicht alljährlich wiederholt werden müssen. Da ich voriges Jahr damit begonnen habe, brauchte ich heuer keine einzige Sommerblume zu kaufen und habe trotzdem ein Blütenmeer um mich. Und im Winter, wenn die Stauden eingezogen sind, hätte ich von den Sommerblumen ohnehin auch nix mehr, weil sie auf dem Kompost gelandet wären.

»Ja, des mach ma! Morgen fahr ma in die Gärtnerei.«

»Glaubst du, dass Berta mit uns fahren will?«, hake ich nach.

»Glaub net«, sagt Annerl. »Die holt morgen die Susanne vom Spital ab.«

»Aha! Geht's der schon besser?«

»Ja. Gehirnerschütterung hat's keine, nur der Kopf tut ihr noch weh, hat die Berta erzählt.«

»Wenn es ihr besser geht«, wirft Sepp ein, »will der Chef noch einmal mit ihr reden. Vielleicht ist ihr ja in der Zwischenzeit etwas eingefallen, was uns weiterhilft, den zu finden, der sie niedergeschlagen hat.«

»Ich glaub ja fest, dass diese beiden Neffen dahinterstecken. Diesen Kriesenstein-Brüdern trau ich alles zu. Denn wer sonst sollte auf die Susanne so eine Wut haben, dass er sie niederschlägt?«

»Glaub ich auch, Sandra«, stimmt Sepp mir zu.

Wir haben jeder einen Gspritzten vor uns stehen, Annerl spült damit ihren Butterkeks hinunter und ich überlege laut, was Schreiner in Klein Schiessling will, wo er doch von uns allen nicht viel hält.

»Wahrscheinlich ist beim Verhör der beiden von Kriesenstein etwas herausgekommen«, meint Sepp, »was ihn veranlasst hat, hier weiter zu ermitteln.«

Er fährt sich mit den Fingern durch die Haare, dass diese zu Berge stehen.

»Wie schaust du denn aus?« Lachend stehe ich auf, wusch le seinen Schopf noch mehr durcheinander, und gehe in die Küche, um endlich die versprochenen Brote zu schmieren, da Annerl den Rest der Butterkekse bereits verzwickt hat. Heute in der Früh vor dem Weggehen habe ich noch schnell einen Eiaufstrich zusammengerührt und mit frischem Schnittlauch aus dem Garten abgeschmeckt. Auf die beschmierten Brote lege ich kleine Tomatenscheiben, ebenfalls Marke Eigenbau, die ein buntes Bild ergeben, und stiefle vollbeladen mit zwei Tellern in den Garten, wo Annerl gerade energisch ihr Glas auf den Tisch zurückstellt.

»Mich soll der ja in Ruh lassen«, plärrt sie. »Von mir erfährt der nix! Aber scho gar nix««

»Was könntest du ihm denn erzählen, Annerl?«, frage ich belustigt und stelle beide Teller in die Tischmitte.

»Ich? Gar nix. Ich weiß doch nix«, empört sie sich und greift nach einem Stück Brot, von dem sie sofort die Tomatenscheibe nimmt und in den Mund steckt. »Was soll ich denn schon wissen?« Sie nuschelt wie immer, wenn sie glaubt, mit vollem Mund reden zu müssen. »Mir hat diese Kriesenstein ja ka Brosche g'schenkt.«

Nun wird Sepp, der nach einem Eiaufstrichbrot greift, hellhörig und legt es zurück auf den Teller.

»Brosche? Was für eine Brosche? Wer hat eine Brosche geschenkt bekommen?«

Abwechselnd wird er von Annerl und mir darüber informiert.

»Günter Uhudler hat bei seiner letzten Weinlieferung von Ludmilla von Kriesenstein eine wertvolle Brosche mit Granatsteinen und Diamanten geschenkt bekommen.«

»Ja«, platzt Annerl heraus. »Die hat uns die Hedwig stolz zeigt.«

»Warum?« Ungläubig mustert uns Sepp. »Sie hat Günter Uhudler einfach so, ganz ohne Grund, ein wertvolles Schmuckstück geschenkt?«

»Na, ganz ohne Grund nicht«, stelle ich richtig. »Sie hat gemeint, dass sie ihre Wertsachen lieber zu Lebzeiten verschenkt, als dass diese ihren gierigen Neffen später einmal in die Hände fallen werden.«

Sepp rauft sich neuerlich seinen Haarschopf, den er in der Zwischenzeit glattgebügelt hat, und springt auf.

»Das muss sofort der Schreiner erfahren!«

Eilig nestelt er sein Smartphone aus der Hosentasche und drückt eine Kurzwahltaste.

»Herr Inspektor, sind Sie noch in Klein Schiessling?«

»Warum?«, schallt es zurück. »Woher wissen Sie überhaupt, dass ich in Klein Schiessling bin?«

»Die Polizei weiß alles!« Sepp lacht, wird jedoch von Schreiner brüsk unterbrochen.

»Lachen Sie sich nicht die Faust voll, sagen Sie lieber, was Sie von mir wollen.«

Mit der Faust hat er es, denkt Sepp. »Kann ich Sie gleich sprechen? Es ist wichtig. Wichtig für den Mordfall.«

Julius Schreiner seufzt. »Wenn es denn unbedingt sein muss? Ich bin im Dorfwirtshaus.«

»Ich komme!«

Sepp legt auf und verabschiedet sich von uns, nicht ohne sein Brot zu packen und hineinzubeißen. »Das nehme ich mit«, lacht er. »Ist beschlagnahmt!« Und schon hirscht er die Stiegen durch den Vorgarten zur Straße hinunter, wo er abrupt stehen bleibt. Hat er doch tatsächlich vergessen, dass er ohne fahrbaren Untersatz hier ist. Annerl und ich folgen ihm hellauf lachend.

»Da hast meinen Autoschlüssel«, sage ich, nachdem mein Gartentürl hinter mir zufällt. »Fahr du! Aber wir kommen mit!«

Wie auf Kommando sitzt Annerl bereits auf der Rückbank, schneller als Sepp die Beifahrertür für mich aufreißen kann, und schiebt sich das letzte Stück Brot in den Mund.

Ein paar Minuten später parken wir hinter Schreiners Wagen vor dem Kulturhaus und stapfen zu Fuß über die Hauptstraße und die paar Stufen zum Wirtshauseingang hinauf. Drinnen herrscht dicke Luft, obwohl die Gasthaustür sperrangelweit offensteht.

»Was tun Sie denn hier?«, blafft Schreiner Annerl und mich an, kaum dass wir die Gaststube hinter Sepp betreten haben.

»Nix! Und Sie?«, antworte ich und mustere sein Outfit. Wie immer dunkler Anzug, Hemd und Krawatte.

Verärgert verzieht er das Gesicht und Annerl antwortet an seiner Stelle: »A nix, gell?«

»Griaß eich!«

Josef Maria Krügerl eilt uns flink entgegen und deutet auf Tauber.

»Will die Polizei beisammensitzen?«

Sepp nickt und rutscht neben Schreiner auf die Bank, während der Wirt Annerl und mir einen freien Tisch am Fenster anbietet. Sein Kopf deutet in Schreiners Richtung. »Der ist aber heut schlecht drauf«, flüstert er.

»Net nur heut«, gibt Annerl ihren Senf dazu.

»Was darf's denn sein?«, fragt er etwas lauter und lächelt dabei geschäftstüchtig.

Während Annerl und ich je ein Achterl Grünen Veltliner bestellen, ist Sepp bereits in ein Gespräch mit Schreiner vertieft. Dieser hört zunächst aufmerksam zu. Dann springt er urplötzlich von der Bank, schiebt den ebenfalls am Tisch sitzenden Gemeinderat Heinrich Silvaner zur Seite, tritt ihm dabei auf die Zehen und eilt bei der offenen Tür hinaus.

Annerl schüttelt verständnislos ihr betagtes Haupt mit den aufgeknödelten Haaren.

»Hat der narrische Schwammerln g'fressen?«

»Bei uns nicht! Wir haben heute keine Schwammerl auf der Speisekarte, sondern Kalbsgulasch mit Nockerl.« Josef Maria Krügerl schaut Schreiner lachend hinterher, der zwei Stufen auf einmal nehmend auf die Straße hüpft und nach rechts entfleucht.

Prüfend betrachtet Gemeinderat Heinrich Silvaner seinen von Schreiner malträtierten Fuß, stellt fest, dass noch alles dran ist, und schüttelt verärgert den Kopf. Dann wendet er sich an Tauber. »Den solltet ihr einmal austauschen!«

»Haben wir schon probiert«, lacht Sepp, »aber den will keiner!«

Kapitel 23

»Ich komm ja schon! Wer macht denn so einen Lärm?«

Ungehalten über das laute Gepumper eilt Hedwig Uhudler zur Haustür. »Was ist denn …?«, weiter kommt sie nicht.

»Ich muss Sie und Ihren Mann dringend sprechen«, keucht Schreiner, der vom Dorfwirtshaus bis hierher gesprintet und dadurch aus der Puste ist. Der Jüngste ist er auch nicht mehr, und unsportlich ist er obendrein.

»Na, dann kommen S' halt rein.«

Hedwig Uhudler schüttelt ihren Kopf und öffnet ungehalten die Tür bis zum Anschlag. Schreiner wuzelt sich an ihr vorbei und schreitet energisch in den mit Blumen geschmückten Innenhof. »Rechts, bitte«, informiert Hedwig, was jedoch unnötig ist, denn Schreiner kennt den Weg einstweilen in- und auswendig. War er doch seinen Ermittlungen geschuldet schon oft genug im Haus der Familie Uhudler.

»Herr Inspektor Schreiner«, begrüßt ihn Günter Uhudler wenig begeistert in der großen Wohnküche und deutet auf die Bank vor dem Fenster. Was bleibt ihm auch anderes übrig. »Nehmen S' Platz!«

Minki, Hedwigs grau getigerte Katze, die auf dem breiten Fensterbrett gedöst hat, öffnet verschlafen ein Auge, blinzelt Schreiner an, stellt fest, dass von ihm keine Gefahr droht und lässt das Lid wieder sinken.

»Ich habe soeben erfahren«, kommt der Inspektor gleich zur Sache, »dass Ihnen Ludmilla von Kriesenstein ein Schmuckstück geschenkt hat. Dazu hätte ich ein paar Fragen.«

Günter schaut auf. »Und was geht Sie … Was wollen Sie denn wissen?«, lenkt er rasch ein, weil er weiß, dass man ein Raubtier nicht reizen darf. Trotzdem fällt es ihm schwer, zu Schreiner freundlich zu sein.

»Ich wusste nicht, dass es verboten ist, Geschenke anzunehmen, außer man ist in der Politik.«

Bedeutungsvoll wechselt er einen Blick mit Hedwig.

»Zuerst einmal will ich von Ihnen wissen«, hakt Schreiner nach, »wieso gerade Sie in den Genuss eines Geschenkes von Ludmilla von Kriesenstein gekommen sind und warum Sie das der Polizei bisher verschwiegen haben. Als Nächstes sagen Sie mir augenblicklich, wo sich dieses ominöse Geschenk zurzeit befindet.«

Empört über diese unverschämten Fragen wechselt Günter einen Blick mit Hedwig, worauf diese aus der Wohnküche eilt und kurz darauf mit der Brosche zurückkommt. Sie setzt sich neben Günter auf die Fensterbank und legt das Schmuckstück vor Schreiner auf den Tisch.

»Da haben Sie die Brosche!«, schnauft sie. »Und jetzt? Sind Sie jetzt zufrieden?«

Um einer Eskalation vorzubeugen, Günter kennt seine Hedwig lang genug, um zu wissen, dass Schreiner den Bogen bald überspannt hat, meint er beruhigend: »Herr Inspektor! Bei meiner letzten Weinlieferung hat mir Ludmilla von Kriesenstein die Brosche geschenkt mit der Begründung, dass sie diese lieber mir gibt, als sie ihren beiden geldgierigen Neffen zu hinterlassen. Ist da was Schlimmes dran? Immerhin kannten wir uns schon viele Jahre und sie hatte Vertrauen zu mir.«

Bewundernd schaut Hedwig ihren Mann an. Besser hätte sie es nicht ausdrücken können. Aber schon gleich kehrt ihre Verärgerung zurück. Sie kann Schreiners Art, mit seinen Mitmenschen umzugehen, einfach nicht ausstehen.

»So, jetzt wissen Sie alles. War's das dann?« Sie steht auf, geht provokant zur Küchentür und öffnet diese. »Ich glaub, wir können uns verabschieden, Herr Inspektor.«

Schreiners Gesicht beginnt vor Zorn rot zu werden, da lenkt Günter rasch ein. »Oder wollen Sie was trinken?«

Der hebt abwehrend die Hand. »Eine Frage habe ich aber noch. Hatte Ludmilla von Kriesenstein ein Lieblingsschmuckstück, das sie täglich getragen hat?«

Nach eingehender Überlegung antwortet Günter Uhudler: »Sooft ich sie gesehen habe, trug sie immer einen Brillantring am Finger mit einem großen Mittelstein und vielen kleinen Steinen drumherum.«

Ohne zu danken, verschwindet Schreiner und lässt das Ehepaar Uhudler verärgert zurück.

»So ein Depp!«

Hedwig Uhudler geht ans Fenster und streicht liebevoll ihrer schlafenden Katze über das glänzende Fell.

»Du bist viel gescheiter als der, gell, Minki?«

Wir sitzen noch immer im Dorfwirtshaus, aus dem Schreiner vor etwa einer Stunde wie ein Wirbelwind geflüchtet ist. Zum Glück! Annerl Passer will soeben einen Schluck von ihrem Grünen Veltliner machen, da taucht Berta Pitzer in der Türöffnung auf, schaut sich um und lässt sich auf den freien Sessel fallen, der neben meinem steht.

»Jetzt musste ich unbedingt mit jemandem reden, deshalb dacht ich, gehst zu den Krügerls, weil ihr«, sie deutet tadelnd auf Annerl und mich, »nicht daheim ward.«

»Entschuldigung«, bringe ich verwundert heraus. »Ich konnte doch nicht wissen, dass du mich brauchst.«

»Die Susanne wurde aus dem Spital entlassen und es geht ihr soweit gut. Gehirnerschütterung hat sie zum Glück keine, nur die Wunde an der Schläfe muss vom Arzt noch versorgt werden. Ihre Nachbarin kümmert sich um sie.«

»Gott sei Dank!« Annerl atmet erleichtert auf und greift nach ihrem Glas, während sich Sepp einen Sessel an unseren Tisch zieht und gespannt lauscht.

»Hat sie den, der sie überfallen hat, erkannt?«, will ich wissen.

»Leider nein.« Bedauernd schüttelt Berta Pitzer den Kopf. »Es ist alles viel zu schnell gegangen. Sie hat nur, auch dem Schreiner, der sie kurz nach dem Überfall im Krankenhaus aufgesucht hat, erzählt, dass es sich der Statur nach wahrscheinlich um einen Mann gehandelt hat, der gut einen Kopf größer war als sie selbst und aufdringlich nach Zigaretten gerochen hat. An mehr kann sie sich nicht erinnern. Leider!«

»Viel ist das nicht. Weißt du mehr?« Meine Frage ist an Sepp gerichtet, doch der schüttelt verneinend den Kopf. Entweder weiß er wirklich nichts, oder er darf darüber nicht reden.

»Was anderes, Berta«, sage ich und wechsle einen Blick mit Annerl. »Willst du am Nachmittag mit uns in die Gärtnerei fahren? Annerl möchte sich noch eine *Julie Eyes* für den Topf kaufen.«

Erfreut nickt sie. »Gern. Vielleicht finde ich auch noch was für meinen Garten.«

Kapitel 24

Der Chefinspektor hält das Telefon ans Ohr, vernimmt die unangenehme Stimme der Sekretärin des Oberministerialrates und würde am liebsten wieder auflegen.

»Ich verbinde!«

Es knackt und rauscht in der Leitung, dann ist es der Dame endlich gelungen, die Verbindung herzustellen.

»Kollega! Was gibt es Neues im schönen Waldviertel?«, will Oberministerialrat Dr. Dr. Wolfgang Pfeiffenhuber wissen. »Sind Sie in Ihrem Mordfall an der Adeligen inzwischen weitergekommen?« Christian Fuchs schaut genervt zur Decke. »Wir stecken mitten in den Ermittlungen, Herr Oberministerialrat, hoffen aber, den Fall in Kürze abschließen zu können.«

»Wäre vorteilhaft, weil Sie doch bald auf Urlaub gehen. Schaffen Sie es bis dahin, oder brauchen Sie Unterstützung aus Wien?«

Bloß das nicht, denkt Christian Fuchs. Er will sich gar nicht vorstellen, wie Schreiner darauf reagiert, wenn ein Wildfremder daherkommt und ihm in sein Handwerk pfuscht.

»Danke für Ihr Angebot, Herr Oberministerialrat«, lehnt er deshalb bestimmt und unmissverständlich ab. »Ich denke, meine Mitarbeiter schaffen das. Die sind durchaus in der Lage, den Mord auch ohne meine Anwesenheit aufzuklären, wenn er bis dahin nicht bereits aufgeklärt ist.«

Ein paar Sekunden schweigt der Doppeldoktor.

»Wenn der Mord in Baden, Kollega«, setzt er dann fort, »mit Ihrem zusammenhängen sollte, könnte auch die dortige Polizei Ihren Fall mit übernehmen.«

Was denn noch alles? Die Horner Mordkommission ist bekannt für ihre hohe Aufklärungsrate und hat auch schon oft genug Fälle gelöst, bei denen weder Christian Fuchs noch irgendein Außenstehender mitgeholfen haben.

»Ich weiß Ihre Hilfsbereitschaft sehr zu schätzen, Herr Oberministerialrat, aber ich denke, wir kommen schon klar. Ich setze Sie, sobald es weitere Fortschritte gibt, augenblicklich davon in Kenntnis.«

»Nur das habe ich hören wollen, Kollega. Ich verlasse mich auf Sie!«

»Danke, Herr Ober…«

Aufgelegt!

Christian Fuchs ist noch mit verärgertem Kopfschütteln beschäftigt, als Schreiner wie von Furien gehetzt sein Büro stürmt und sich auf den Besuchersessel fallen lässt.

»Chef! Ich habe soeben den Bericht aus Baden über die Hausdurchsuchung dieser Maria Rehak bekommen«, meint er freudig erregt, »und stellen Sie sich vor, dort wurden etliche Schmuckstücke gefunden und sichergestellt, aber, jetzt kommt's, aus keinem dieser Schmuckstücke fehlt ein Stein. Alle sind komplett und unversehrt.«

Der Chefinspektor fixiert seinen Inspektor verwundert.

»Es fehlt in keinem ein Diamant?«

»Nein! Auch kein anderer Stein.«

»Na dann, Schreiner, ist der im Schlosspark von Kriesenstein gefundene Stein von ganz woanders her und die Rehak ist wahrscheinlich nicht unsere Täterin.«

»Aber sie muss es gewesen sein, Chef!«

Schreiner lässt nicht locker. »Wir haben doch sonst niemanden, der für diesen Mord in Frage kommen könnte.«

Er schaut auf.

»Was anderes fällt mir ein, Chef. Sie wollten doch wissen, ob Ludmilla von Kriesenstein ein Lieblingsschmuckstück hatte, das sie ständig getragen hat. Der Weinbauer Uhudler hat an Ludmilla von Kriesenstein immer einen Diamantring gesehen. Angeblich ein großer Mittelstein mit vielen kleinen Diamanten drumherum.

Daraus könnte sich ein Stein gelöst haben. Jetzt müssten wir nur noch das Schmuckstück mit dem fehlenden Stein finden und wir haben unseren Täter.«

Während Schreiner spricht, schiebt er das Fax der Badener Kollegen vor seinen Chef, der sofort zu lesen beginnt, und dabei immer wieder den Kopf hin und her wiegt. Dann springt er auf.

»Das gibt's doch nicht, Schreiner. Hast du das gelesen? Da steht, dass Maria Rehak ein Alibi für die Tatzeit hat. Sie kann also Ludmilla von Kriesenstein gar nicht erschlagen haben. Angeblich war sie mit ihrer Tochter unterwegs, die das bestätigt.«

»Na und, Chef?«

Sein kleiner Inspektor schaut ihn mit großen Augen an. »Ist doch zu erwarten, dass die Tochter das bestätigt. Dieses Alibi zählt genauso wenig wie ein Regentropfen in der Wüste. Oder meinen Sie, wir müssen wieder von vorn anfangen?«, setzt er zögernd nach.

»Genau das meine ich! Wenn das Alibi stimmt, stehen wir wieder am Anfang und wir haben nur noch eine Woche Zeit bis zu meinem Urlaub.«

»Oder Sie verschieben ihn.«

Daran will Christian Fuchs nicht einmal denken. Wochenlang freut er sich darauf, Flug und Hotel sind fix gebucht, außerdem ist er reif für die Insel.

»Nein, Chef!«, korrigiert sich Schreiner augenblicklich, nachdem er das verdutzte Gesicht seines Chefs bemerkt. »Ihren Urlaub brauchen Sie nicht zu verschieben, Sie haben ja uns.«

Ein Polizist poltert mit einer riesigen Schachtel, die er mit beiden Armen umklammert hält und kaum darüber hinwegsehen kann, ins Chefzimmer. Sein Gesicht ist gerötet, während er seine schwere Fracht vor Christian Fuchs auf den Schreibtisch fallen lässt.

»Das haben wir von unserer Streifenfahrt nach Zwettl mitgebracht. Die Spurensicherung arbeitet noch immer auf Schloss Kriesenstein, hat der Kollegin Bauer und mir aber vorerst einmal diese kleine Ausbeute mitgegeben.« Er schnauft erbärmlich, sodass Christian Fuchs auf den Sessel gegenüber deutet.

»Setzen Sie sich, Kollege! Hat die Spurensicherung gesagt, wie lange sie noch brauchen wird?«

»Ich glaube, das kann Tage dauern, bis die durch das gesamte Schloss durch sind. Aber«, meint er aufgeregt, »das sollten Sie sich unbedingt gleich ansehen, hat Angela Bauer gemeint.«

Auf Christian Fuchs' Angebot, sich zu setzen, geht er nicht ein, sondern deutet nur auf die Schachtel.

»Wurde im Schlafzimmer der Toten in einer alten Kommode gefunden.«

Neugierig zieht der Chefinspektor den Karton zu sich heran. Während der junge Polizist mit einem kurzen Gruß zur Tür eilt, langt Christian Fuchs nach dem obenauf liegenden Blatt und überfliegt dessen Inhalt. Ein gewaltiger Ruck geht durch seinen Körper.

»Das musst du lesen, Schreiner!«

Bei dem Schriftstück handelt es sich um die Kopie eines Schreibens der Verstorbenen an die Rechtsanwaltskanzlei, in dem sie ihre Zusammenarbeit mit Dr. Albrecht Paragraf auflöst. Sie entzieht ihm mit sofortiger Wirkung die Verwaltung ihres gesamten Vermögens.

»Das ist ja ein Ding, Chef!«

Versonnen nickt Christian Fuchs. »Was hast du über diesen Dr. Paragraf herausgefunden?«

»Nichts, außer dass er Spielschulden hat, was wir bereits wissen. Zusätzlich bekam er im Casino Baden Hausverbot.«

»So, so«, murmelt der Chefinspektor und greift bedächtig zum Telefon. Es fällt ihm nicht leicht, sich an das Ministerium zu wenden, glaubt man doch dort sofort, er sei unfähig, diesen Fall allein zu lösen. Aber leider, es geht nicht anders.

Bis die unsympathische Stimme der Sekretärin zu hören ist, weiht er Schreiner in sein Vorhaben ein.

»Kollega! Brauchen Sie nun doch Hilfe aus Wien?«, lacht Oberministerialrat Dr. Dr. Wolfgang Pfeiffenhuber schallend.

Christian Fuchs verdreht die Augen. »Irgendwie schon, Herr Oberministerialrat. Ich bräuchte einen Durchsuchungsbeschluss für die Rechtsanwaltskanzlei Dr. Paragraf und auch für die privaten Räumlichkeiten des Anwalts.«

Schnauf!

»Wie das, Kollega? Haben Sie berechtigte Gründe für Ihr Anliegen? Sie wissen, dass eine solche Befugnis nicht ohne weiteres ausgestellt werden kann.«

In knappen Worten weiht der Chefinspektor seinen Vorgesetzten ein.

Eine Weile hört Christian Fuchs schnaufendes Atmen, dann hat der Doppeldoktor seine Sprache wieder gefunden.

»Bekommen Sie!«

»Danke!«

Aufgelegt.

An Schreiner gerichtet meint er optimistisch: »Warten wir ab, bis der Durchsuchungsbeschluss kommt, dann sehen wir weiter.«

Kapitel 25

Er öffnet die Augen und räkelt sich wohlig wie eine satte Katze. Augenblicklich rolle ich in seine Arme, die er von sich streckt, kuschle mich an ihn, und eng umschlungen vergessen wir die Zeit. Sepp drückt mich so fest an sich, dass mir fast die Luft ausgeht. Meine Sinne schwinden. Die Nacht ist für uns noch nicht zu Ende, obwohl die Sonne bereits in mein Schlafzimmer blinzelt. Leider, genau in diesem Moment, gibt sein Handy Geräusche von sich, die ich am liebsten abwürgen möchte. Doch Sepp nicht. Er fischt den Störenfried aus der neben dem Bett liegenden Uniformhose und meldet sich.

Jemand dürfte ihm etwas geflüstert haben, denn gleich darauf geht eine Meldung ein und der schöne Augenblick der Zweisamkeit ist dahin.

»Ich muss zur Annerl«, haucht er mir ins Ohr, schält sich aus dem Bett, wirft mir einen sehnsuchtsvollen Blick zu, dann verschwindet er ins Bad.

»Was musst du denn bei der Annerl?« Wehmütig betrachte ich seinen muskulösen Körper und stehe ebenfalls auf. Während er Zähne putzt, stelle ich mich hinter ihn und hätte gerne dort fortgesetzt, wo wir aufgehört haben, doch Sepp ist ein gewissenhafter Polizist.

»Der Schreiner hat mir ein Foto dieser Maria Rehak auf mein Handy geschickt. Ich soll es Annerl zeigen und sie fragen, ob das die Frau ist, die zweimal in die Villa gegangen ist und im Rosarium Baden mit Fridolin von Kriesenstein gestritten hat.

»Ich komme mit!«

Nachdem wir beide angezogen sind, eilen wir zum Streifenwagen, der vor meinem Gartentürl parkt, und fahren in den Ort hinunter. Es ist viertel nach acht und in Klein Schiessling herrscht bereits Hochbetrieb. Mit Granit aus dem Steinbruch beladene Laster donnern, wie täglich, außer am Wochenende, durch die Hauptstraße, wirbeln Staub und Dreck auf und ein Traktor samt Anhänger scheppert an Annerls Haus vorbei, weiter Richtung Friedhof.

Wir finden unsere Dorftratschen nicht im Haus, sondern in ihrem kleinen Garten, wo sie sich verzückt über einen großen Topf beugt und ihre Nase in die darin wachsende Pflanze steckt. Als sie uns hört, dreht sie sich langsam um.

»Annerl«, mahnt Sepp. »Deine Haustür steht schon wieder offen. Hundertmal habe ich dir gesagt, schließ die Tür ab. Vor allem wenn du nicht im Haus, sondern da hinten im Garten bist. Hier kannst du doch nicht hören, wenn jemand reinkommt.«

Sie wischt mit der Hand die Rüge weg und lacht. »Kommts lieber her, und schauts euch die schöne Rose an. Die passt doch wunderbar in den alten Tontopf.« Besagtes Tongefäß weist, dem Alter geschuldet, einige Kalkflecken auf, hat einen Rand aus Akanthusblättern und mittig lacht uns ein kleiner Putto entgegen.

»Wie wenn er für deine *Julie Eyes* gemacht wäre«, pflichte ich ihr bei und bewundere sowohl die Rose als auch den Topf. Sepp nickt dazu, als ob er etwas davon verstünde.

Egal!

Annerl freut sich, und das ist das Wichtigste.

»Schau einmal her, Annerl«, meint er, macht einen Schritt auf sie zu und wischt über sein Smartphone, bis das Foto auf dem Display auftaucht, welches ihm Inspektor Schreiner geschickt hat. Das hält er ihr vors Gesicht. »Ist das die Frau, die in Baden zweimal in die Villa gegangen ist und später mit Fridolin von Kriesenstein im Rosarium gestritten hat?«

Annerl zieht das Handy näher an ihr Gesicht, vergrößert das Bild, indem sie es auseinanderzieht, dann nickt sie aufgeregt. »Das is sie! Genau so hat die ausg'schaut.« Fragend schaut sie Sepp an. »Ist des die Mörderin?«

»Das wissen wir noch nicht, aber die Badener Kollegen gehen davon aus. Wahrscheinlich hat sie damals, als sie das erste Mal ins Haus gegangen ist, wie du beobachtet hast, diese Adele von Hofmeister erschlagen. Und bei ihrer Einvernahme hatte sie, wie vermutet, die Insassen des Reisebusses als Zeugen für ihr Alibi angegeben.«

»Aber die hat nicht mit mir g'rechnet«, meint Annerl und reibt sich zufrieden die Hände. »Ich hab sie auch beim ersten Mal g'sehn, wie sie ins Haus reingangen ist! Nicht nur beim zweiten Mal, wie sie so auffällig nach der Frau g'rufen hat!«

Sepp grinst und klopft Annerl auf die Schulter. »Das hast du gut gemacht«, lobt er sie, ehe er sich umdreht und Inspektor Schreiner anruft, um ihm zu berichten, was die von ihm so verächtliche Dorftratschen von Klein Schiessling für eine überaus wichtige Aussage gemacht hat.

»Ich rede gleich mit dem Chef. Nehmen Sie mit der Passer ein Protokoll auf und kommen dann gleich auf die Dienststelle.«

Sepp drückt den Schreiner weg und seufzt. »Aus ist es mit der Gemütlichkeit. Annerl, gib mir einen Zettel, ich nehme deine Aussage auf, damit Schreiner zufrieden ist.«

Langsam dreht sich Annerl um und marschiert ins Haus, von wo sie gleich darauf wieder mit Papier und Kugelschreiber erscheint.

»Da hast, damit der alte Grantscherm a Ruh gibt!«

Nachdem Sepp Annerls Aussage festgehalten und sie diese unterschrieben hat, verlässt er uns. Leider!

Inspektor Julius Schreiner sitzt seinem Chef gegenüber, der das von Sepp Tauber aufgenommene Protokoll eingehend studiert.

»Wenn diese Maria Rehak«, brummt er, »wirklich Adele von Hofmeister erschlagen hat, können die Badener Kollegen ihre Akte schließen.«

»Noch ist es nicht so weit, Chef. Nur weil diese Klein Schiesslinger Dorftratschen Maria Rehak wiedererkennt, beweist das noch lange nicht, dass sie auch die Alte erschlagen hat.«

Christian Fuchs schaut auf. Schreiner hat recht. Das ist wirklich kein Beweis. Er steht auf und stellt sich ans Fenster. Der Verkehr auf der Hauptstraße wälzt sich vor seinen Augen vorbei, doch er nimmt ihn nicht wahr. Zu sehr beschäftigt ihn der Fall, der fast stündlich eine andere Wende nimmt, aber leider nicht zum Ziel führt. Ehe er Schreiner antworten kann, läutet sein Telefon.

Kapitel 26

»Peter Petersen, Notar aus Horn. Liege ich richtig, dass Sie für den Mord an Ludmilla von Kriesenstein zuständig sind?«

Christian Fuchs stimmt zögernd zu.

»Dann habe ich eine interessante Nachricht für Sie. Wäre es recht, wenn ich gleich bei Ihnen vorbeikomme, dann brauchen wir nicht am Telefon darüber sprechen.«

Im Moment weiß Christian Fuchs nicht, wie ihm geschieht. Da tut sich tagelang nichts, außer dass eine Vermutung die andere jagt, und dann hat plötzlich jemand interessante Neuigkeiten?

»Ja, das lässt sich einrichten«, antwortet er skeptisch. »Ich erwarte Sie.«

Nachdem das Telefonat beendet wurde, setzt er Schreiner in Kenntnis.

»Und was soll das für eine interessante Nachricht sein, Chef?«

Christian Fuchs zuckt mit den Achseln und schaut auf die Uhr.

»Ich weiß es nicht. Warten wir ab, was der Notar zu sagen hat.«

»Vielleicht kommen wir der Aufklärung unseres Falles ja endlich näher.«

Schreiner gibt sich ausnahmsweise einmal zuversichtlich, während Christian Fuchs ungeduldig auf das Erscheinen des Notars wartet. Es dauert auch nicht lange, dann schiebt der diensthabende Polizist einen kleinen Mann mit großem Kopf, elegant gekleidet mit grauer Hose und weißem Seidenhemd, ins Zimmer.

Sofort erheben sich die Inspektoren, Fuchs etwas rascher, Schreiner etwas langsamer, und blicken erwartungsvoll dem auf sie zuschreitenden Notar entgegen.

»Peter Petersen«, lacht dieser und streckt zuerst dem Chefinspektor, danach Schreiner seine Hand entgegen, die sich warm und angenehm anfühlt.

»Sie werden sich sicher fragen, was ich denn zu Ihrem Fall beitragen kann.«

Umständlich legt er eine braune Aktentasche auf den Schreibtisch und entnimmt einige dichtbeschriebene Bögen.

»Also«, beginnt er, »ich will gleich zur Sache kommen. Mir liegt ein Testament von Ludmilla von Kriesenstein vor, in welchem sie Rechtsanwalt Dr. Christoph Paragraf, also den Senior der Kanzlei, als Haupterben ihres Vermögens eingesetzt hat. Die beiden Söhne ihres verstorbenen Bruders sollen lediglich ein Wertpapierpaket und einen bescheidenen Geldbetrag erhalten, der Rest des Erbes geht zur Gänze an den Rechtsanwalt.«

»Oh!« Mehr bringt Christian Fuchs nicht heraus, ihm hat es die Rede verschlagen, doch Schreiner schnauzt: »Und das fällt Ihnen erst jetzt ein? Damit haben Sie uns wichtige Erkenntnisse in einem Mordfall vorenthalten.«

Der Notar wiegt bedächtig seinen Kopf hin und her, ehe er darauf eingeht.

»Wissen Sie, das ist so. Ich war drei Wochen im Ausland und habe erst gestern nach meiner Rückkehr von dem tragischen Geschehen erfahren.«

Schreiner will etwas sagen, doch sein Chef hält ihn mit energischer Handbewegung zurück.

»Ist das Testament gültig?«

»Sicher!«, antwortet der Notar gelassen. »Es handelt sich um ein handschriftliches Testament, von drei Zeugen unterzeichnet, nämlich von einer ehemaligen Angestellten der Kanzlei Paragraf, dem Verwalter von Schloss Kriesenstein sowie einer weiteren Person, offenbar einer Freundin der Verstorbenen, einer gewissen Susanne Magerl.«

»Das ist ja ein Ding«, entfährt es Schreiner, dabei mustert er seinen Chef, der im Sessel hängt und heftig atmet.

»Dr. Christoph Paragraf erbt tatsächlich nach diesem Testament das gesamte Vermögen der Adeligen, abzüglich der paar Kröten, die an Alexander und Fridolin von Kriesenstein gehen?«

»So ist es, Herr Chefinspektor.«

»Das ist ja ein Ding!«, wiederholt Schreiner und öffnet den obersten Hemdknopf, um sich mit dem Finger Luft zu verschaffen. Ungläubig schüttelt er den Kopf. Er kann es nicht fassen. Tagelang treten sie auf der Stelle, und nun diese Wende.

Nachdem auch beim Chefinspektor die Neuigkeit richtig angekommen ist, steht er langsam auf und reicht Peter Petersen die Hand.

»Danke, dass Sie gekommen sind. Dieses Wissen bringt endlich Licht in unsere Angelegenheit.« Gedankenverloren schüttelt er länger als notwendig die Hand des Notars. »Könnten Sie uns eine Kopie des Testaments zukommen lassen?«

»Ist bereits erledigt, Herr Chefinspektor.« Der Notar zieht zuerst seine Hand aus der seines Gegenübers, danach ein weiteres Blatt aus der Aktentasche und legt es auf den Schreibtisch. »Es freut mich, dass ich helfen konnte.«

Er verabschiedet sich auch von Schreiner und lässt zwei nachdenkliche Inspektoren zurück.

»Du glaubst aber nicht im Ernst, Schreiner«, ergreift nach minutenlangem Schweigen der Chefinspektor das Wort, »dass der alte Paragraf unser Täter ist? Der ist schwerkrank und zu solch einer Tat physisch doch überhaupt nicht in der Lage.«

Schreiner denkt angestrengt nach, dann überrumpelt er seinen Chef. »Aber der Erbe des Erben!«

»Du denkst an den Junior, Dr. Albrecht Paragraf?«

»Genau!« Schreiner fährt auf. »Der wusste von dem Testament und musste damit rechnen, dass sein kranker Vater Ludmilla von Kriesenstein, die ja jünger und gesünder war als er, nicht überlebt. Und sollte sein Vater vor der Alten sterben, was zu erwarten war, wäre damit das Erbe futsch. Also musste er dafür sorgen, dass Ludmilla von Kriesenstein vor seinem Vater das Zeitliche segnet. Außerdem«, er blickt auf und vergewissert sich der Aufmerksamkeit seines Chefs, »passt diese Susanne Magerl, welche wahrscheinlich von Paragraf junior überfallen wurde, bestens ins Konzept.«

Der Chefinspektor lässt diese Möglichkeit in seinem Kopf rotieren.

»Du hast recht«, sagt er nach einer Weile enthusiastisch. »Das würde einiges erklären und könnte das entscheidende Motiv für den Mord sein.« Etwas weniger enthusiastisch fügt er an: »Nur müssen wir es beweisen. Bis jetzt haben wir lediglich Indizien. Wohl schlagkräftige, aber eben nur Indizien.«

»Und wie wollen Sie diesem jungen Rechtsverdreher etwas nachweisen? Der windet sich doch wie eine Schlange aus allem heraus. Oder glauben Sie, der gibt freiwillig zu, was wir ihm vorwerfen?«

»Nein, Schreiner, das glaube ich nicht. Aber vielleicht haben wir Glück und die Durchsuchung der Kanzlei oder seiner Woh nung fördert etwas zutage, was ihn überführt. Ich denke dabei an den Ring, der der Verstorbenen wahrscheinlich vom Finger gerissen wurde und aus dem ein Stein fehlt. Irgendwo muss sich dieser Ring doch befinden. Irgendwo muss er auftauchen!«

Christian Fuchs lehnt sich in seinem Sessel zurück, legt die Hand auf die Stirn und denkt nach. Das ginge besser mit einem Schluck aus seinem Flachmann, geht aber leider nicht, weil Schreiner neben ihm hockt. Oder soll er, überlegt er schmunzelnd, seinem Inspektor auch einen Schluck anbieten? Diese Vorstellung ist zu grotesk, um dabei ernst zu bleiben. Er lacht

schallend und bringt damit Schreiner aus dem Konzept.
»Was ist, Chef? Haben Sie eine Idee?«
Christian Fuchs hätte gerne JA gesagt, verbeißt es sich aber.

Kapitel 27

»Und wer, glaubst du, war es dann?«

Ich sitze Annerl im Dorfwirtshaus gegenüber, neben mir hockt Gemeinderat Heinrich Silvaner und neben Annerl ruht die breite Masse unseres Dorfbosses.

»Ich hab doch schon g'sagt, dass es diese Pflegerin war. Wie oft denn noch?«

»Habts keine anderen Sorgen?«, brummt Pummerl dazwischen. »Was geht denn uns der Mord in Baden an?«

Er macht einen Schluck vom Zapften, stellt das Krügerl vorsichtig auf den Tisch zurück, damit ja kein Tropfen verlorengeht, und wirft einen Blick auf sein Gegenüber.

»Was sagst du dazu, Heinrich?«

Er mustert ihn, als hätte er ihn noch nie zuvor gesehen. Heinrich Silvaner ist heute aber auch besonders schick, nur bezweifle ich, dass dies unserem Dorfobersten auffällt. Zu einer weißen Jeans trägt er ein ebensolches T-Shirt mit exotischen Blüten drauf. Nicht gerade maskulin, aber es steht ihm gut. Alfons Pummerl dagegen trägt zu seiner dunklen Hose ein weißes Kurzarmhemd.

Na ja, so ganz weiß ist es nicht mehr, eher gesprenkelt. Seine tägliche Speisekarte ist darauf deutlich abzulesen. Aber man darf nicht kleinlich sein. Immerhin hat er keine Frau, die auf ihn schaut, und selber kann er es eben nicht besser.

Aber die Dörflerinnen und Dörfler von Klein Schiessling sind fast alle der Meinung, lieber einen bekleckerten Bürgermeister als gar keinen.

Gemeinderat Heinrich Silvaner will gerade den Mund zu einer Antwort aufmachen, als Berta Pitzer in Begleitung einer Frau in der Wirtsstube auftaucht.

»Griaß eich!« Sie strahlt. »Schauts einmal, wen ich mitgebracht habe.«

»Ist das nicht deine Freundin Susanne Magerl?«

»Genau!«

Sie betrachtet erst uns, danach stolz Susanne, der sie einen Arm um die Schulter gelegt hat, und lächelt. Man kann ihr die Freude darüber ansehen, dass ihre Freundin die Kopfverletzung und den Schock des Überfalls so halbwegs überwunden hat. Erleichtert über diesen Ausgang stehe ich auf und reiche Susanne Magerl die Hand. »Freut mich, dass es Ihnen wieder besser geht«, dabei deute ich auf meinen Platz. Heinrich Silvaner rutscht auf der Bank bis zum Fenster, Berta schiebt Susanne neben den Gemeinderat und lässt sich erleichtert danebenfallen. Da mein Platz nun besetzt ist, zwänge ich mich zu Annerl. Eifrig wuselt Herr Krügerl an unseren Tisch.

»Was darf ich den Damen bringen?«

Berta Pitzer tätschelt Susannes Hand.

»Wir haben Durst! Bitte zwei Gspritzte. Aber mit ein bisserl mehr Wasser. So ganz trinkfest ist meine Freundin noch nicht.«

»Kommt sofort!«

Nachdem Herr Krügerl hinter die Schank eilt, um die beiden Gspritzten zu mischen, kommt Frau Krügerl, sich die Hände an einem karierten Geschirrtuch abwischend, aus der Küche geflitzt.

»Ja die Susanne!«, schreit sie und eilt mit ausgebreiteten Armen auf sie zu. »Alles gut überstanden?«, fragt sie ganz aufgeregt. »Wir haben uns solche Sorgen gemacht. Das muss ja schrecklich gew…«

»Jetzt lassts die arme Frau doch erst einmal was trinken!«, brummt der Dorfboss und rutscht ebenfalls ans Fenster. Nun sitzt er Heinrich Silvaner genau gegenüber, was Annerl ausnützt und nachrückt, damit für mein Hinterteil auch noch Platz ist.

Kurze Zeit später hat Susanne Magerl an ihrem Glas nicht nur genippt, sondern es bis auf den letzten Tropfen ausgetrunken. Darüber zu staunen, dafür bleibt uns keine Zeit, weil Annerl unbedingt wissen will, woran sich Susanne Magerl von dem Überfall erinnern kann.

Neugierig ist sie nicht! Nur wissen will sie alles!

»Eigentlich ist es sehr schnell gegangen.« Susanne Magerl streicht ein bisserl desorientiert mit der Hand über ihre Stirn. »Ich hab nur eine schwarz gekleidete Gestalt bemerkt, die furchtbar nach Zigarettenrauch gestunken hat, danach war es finster um mich. Ich vermute, dass es ein Mann war.«

»Haben Sie eine Ahnung, warum man Ihnen das angetan hat und vor allem wer?«

Über meine Frage denkt sie lange nach, dann meint sie: »Ich bin mir ziemlich sicher, dass es mit dem Tod von Ludmilla von Kriesenstein zu tun hat. Ich habe doch kurz vor ihrem Tod als Zeugin ihr neues Testament unterschrieben und ihr vorher einmal im Beisein ihrer beiden Neffen geraten, sich an die Polizei zu wenden.«

»Warum?«, will Pummerl wissen.

»Weil sie sich bedroht fühlte. Sie konnte nicht sagen, von wem, aber sie hatte offensichtlich Angst.«

Diese Antwort hängt über unserem Tisch, bis Frau Krügerl plötzlich aufschreit: »Die Franzi, also die Franziska Hammer, meine Bekannte in Baden, hat jetzt dieselbe Pflegerin, die auch Adele von Hofmeister betreut hat. Und die ist jetzt tot.«

»Die Pflegerin?«, fragt Pummerl.

»Nein! Die Adelige, Bürgermeister.« Heinrich Silvaner schüttelt den Kopf.

Ist der heute schwer von Begriff, denkt er und schnappt sein Glas Grünen Veltliner, um zu trinken.

»Wie oft muss ich denn noch sagen«, echauffiert sich Annerl, »dass diese Rehak die Mörderin ist!«

»Du musst es nicht noch öfter sagen, du musst es nur endlich beweisen.« Berta macht einen Schluck von ihrem Gspritzten, rollt ihn im Mund hin und her, schluckt ihn dann endlich hinunter und belehrt Annerl.

»Nur weil die Frau zweimal in ein Haus gegangen ist, was mir allerdings nicht aufgefallen ist, muss sie noch lange niemanden umgebracht haben.«

Susanne Magerl legt Berta beschwichtigend die Hand auf den Arm.

»Wir wissen es nicht! Manchmal ist es auch besser, der Polizei ihre Arbeit machen zu lassen. Die wird schon wissen, was zu tun ist.«

»Na ja! Wiest halt meinst«, mokiert sich Annerl und wendet sich mir zu. »Wann kommt denn der Sepp wieder zu dir?«

Ich zucke mit den Schultern. »Das wüsste ich auch gern. Aber was anderes: Kommen euch nicht die Brüder von Kriesenstein sehr verdächtig vor?«

»Schon«, stimmt Berta zu. »Aber der junge Rechtsanwalt ist auch nicht ohne. Ich glaub, der hat es faustdick hinter den Ohren.«

»Der soll Spielschulden haben«, wirft Frau Krügerl ein, die nun unter der Küchentür steht und unser Gespräch interessiert verfolgt. »Sogar Casino-Verbot hat der, hab ich gehört.«

»Gebts doch endlich Ruh!« Den Dorfboss interessiert das Thema nicht. Viel lieber würde er sich über die im Herbst stattfindende Weintaufe in unserem Kulturhaus unterhalten. »Wer ist denn heuer Weinpatin?«, will er wissen, doch niemand reagiert darauf. Nicht einmal die Wirtsleute, die sich hinter der Theke leise miteinander unterhalten. Resigniert, weil keine Antwort folgt, hebt Pummerl sein Krügerl, steckt den Riechkolben hinein und trinkt.

»Ja, dieser junge Rechtsanwalt«, nimmt Berta Pitzer das Thema wieder auf und ignoriert Pummerls ärgerliches Schnaufen. »Ich kann mir vorstellen, dass er großes Interesse am Tod von Ludmilla von Kriesenstein hatte. Der hat ihr Vermögen verplempert, und damit sie ihm nicht dahinterkommt, hat er sie abg'murkst.«

»Vielleicht hat er es veruntreut und es ist nix mehr da?«, werfe ich ein. Annerl will mir widersprechen, doch Susanne Magerl hindert sie daran. »Ich weiß, dass sie ihr ganzes Vermögen dem alten Anwalt, also dem Senior-Paragraf, vermacht hat. Vielleicht hatte der Junior Angst, sein Vater könnte vor der Ludmilla sterben, dann wäre das Erbe verloren gewesen. Deshalb hat er die Ludmilla umgebracht, damit sein Vater erbt, und er an das Geld herankommt.«

Wir sind eine Weile über Susannes Theorie sprachlos, darin sieht Pummerl seine Chance. »Wer ist denn heuer Weinpatin?«

»Wie kommst denn immer wieder auf die Weinpatin?«, fragt Annerl belustigt. »Es könnt doch zur Abwechslung auch einmal ein Weinpate sein? Oder hast was gegen Männer?«

»Genau, Bürgermeister«, stimmt Frau Krügerl zu und schwingt ihr Geschirrtuch. »A fescher, knackiger Mann als Weinpate wär doch auch einmal was für uns Frauen. Oder?«

Zum Glück wird der Dorfboss einer Antwort enthoben, denn Gemeinderat Hubert Burgunder betritt forsch die Wirtsstube und grinst von einem Ohr zum anderen.

»Griaß di, Huaberl!«

Den Gruß ignoriert er, denn er will unbedingt etwas loswerden. Das ist ihm deutlich anzusehen.

»Ihr werdet es nicht glauben«, sprudelt es heraus und er beobachtet uns gespannt. »Stellts euch vor, was ich gestern beobachtet habe. Ich sitze ahnungslos in der Shanghai-Bar in Wien, …«

»Was machst denn du in der Shanghai-Bar?«, unterbricht ihn Pummerl und schaut von seinem Glas auf, doch Huaberl redet ohne Punkt und Komma weiter. »Ich sitz grad gemütlich vor einem Cuba Libre, da werde ich plötzlich am Nebentisch auf zwei Männer in Begleitung einer jungen Frau aufmerksam.«

Unser Interesse hält sich in Grenzen, bis wir erfahren, dass es sich bei den Männern um die Brüder von Kriesenstein gehandelt hat. Augenblicklich herrscht Stille im Schankraum. Nur die Wanduhr über der Theke tickt vor sich hin, als würde sie das alles nichts angehen.

»Woher weißt du denn«, will Berta wissen, »dass es sich um diese Brüder gehandelt hat, Huaberl? Kennst du die überhaupt?«

»Berechtigte Frage.« Hubert Burgunder bestellt ein Achterl Grünen Veltliner. »Ich habe einmal ein Foto von denen in der Zeitung gesehen. Es war im Grazer Tagblatt. Und auf dem Foto war auch die Frau drauf, glaub ich.«

»Glauben heißt nix wissen«, brummt Pummerl dazwischen.

Hubert Burgunder ignoriert den bürgermeisterlichen Einwand. »Die zwei haben sich mit der jungen Frau unterhalten. Plötzlich will ihr der ältere der beiden einen Ring vom Finger reißen.

Gib her, der gehörte unserer Tante!

Daraufhin bin ich näher gerückt und hab die Ohren gespitzt. Da sich auch andere Barbesucher zu ihnen umgedreht haben, sind sie leiser geworden, und ich konnte nichts mehr verstehen. Die junge Frau hat danach den Ring vom Finger gerissen, ein paar Mal herumgedreht, sodass ich ihn gut sehen konnte, weil ich am Nebentisch gesessen bin, und dem Mann ins Champusglas geschmissen. Mir ist ein dunkles Loch an dem Ring aufgefallen. Es könnte sein, dass dort ein Stein gefehlt hat.«

»Das muss sofort die Polizei erfahren!«, rufe ich aufgeregt, werde jedoch postwendend beruhigt. »Von dort komm ich gerade.«

Kapitel 28

»Schaff die zwei von Kriesenstein samt dieser Christine Rehak her, Schreiner! Jetzt sofort! Ich will endlich Klarheit.«

Chefinspektor Christian Fuchs zerstört wütend seine Frisur, was er noch nie gemacht hat, denn auf sein Äußeres ist er stets bedacht. Er muss in dem Fall weiterkommen. Schließlich bleiben ihm nur noch wenige Tage bis zu seinem Urlaub, und den will er unbelastet antreten. In irgendeine Richtung muss sich doch die Situation endlich weiterentwickeln, überlegt er. Bisher hat es ja auch immer geklappt. Wieso ausgerechnet diesmal nicht? Nachdem Inspektor Schreiner den Auftrag, die drei Personen herzubringen, telefonisch weitergegeben hat, legt er den Hörer auf die Station zurück.

»Vorausgesetzt es stimmt, was dieser Klein Schiesslinger Gemeinderat beobachtet haben will«, meint er skeptisch. Bekanntlich lehnt er alles, was aus Klein Schiessling kommt, kategorisch ab. Christian Fuchs trimmt seine zu Berge stehenden Haare wieder glatt.

»Dem Gemeinderat Burgunder können wir schon glauben, Schreiner. Er ist einer der rareren Zeitgenossen in diesem Dorf.«

»Wenn Sie meinen, Chef.« Schreiner ballt seine Hände zu Fäusten, während er aufspringt.

»Die sollen nur kommen! Die werde ich zerpflücken wie einen Vogerlsalat! Ich will endlich den leidigen Fall abschließen. Außerdem«, schnauft er, »wusste ich von Anfang an, dass diese Brüder ihre Tante erschlagen haben.«

Nun muss Christian Fuchs lachen. »Von Anfang an, Schreiner? Ich dachte, du verdächtigst die Pflegerin von Adele von Hofmeister, diesen Mord begangen zu haben?«

»Auch, Chef! Aber meine erste Wahl waren und sind die gierigen Brüder. Nicht umsonst hat Ludmilla von Kriesenstein schon zu Lebzeiten ihren Schmuck lieber verschenkt, als ihn in deren Hände geraten zu lassen.«

»Da hast du leider recht«, stimmt Christian Fuchs nachdenklich zu und nickt.

»Warten wir es ab. Und bis die drei hier sind, lesen wir noch einmal den Bericht über die Durchsuchung der Wohnung und der Kanzlei dieses Dr. Paragraf durch. Vielleicht sind wir dann schlauer. Und noch etwas, Schreiner! Die Brüder und Christine Rehak vernehmen wir gemeinsam. Ich möchte sehen, wie die aufeinander reagieren.«

Schreiner schaut interessiert auf. »Haben Sie etwas Bestimmtes vor, Chef?«

Christian Fuchs wiegt den Kopf hin und her. »Ich bin mir nicht sicher, aber es könnte doch sein, dass Christine Rehak auf Fridolin von Kriesenstein noch immer schlecht zu sprechen ist, weil er sie ausgebootet und eine andere Frau zu den Autorennen mitgenommen hat.

Deshalb könnte ich mir gut vorstellen, dass sie ihm einige Sachen an den Kopf wirft, die für uns von Interesse sind und die wir sonst nicht erfahren würden.«

Gelangweilt blättern sie den Bericht über die Durchsuchungen von Kanzlei und Wohnung von Dr. Albrecht Paragraf durch, können jedoch außer unbezahlten Rechnungen und überzogenen Bankkonten nichts finden, was für den Fall relevant wäre.

Schreiner schaut währenddessen zum x-ten-Mal ungeduldig auf seine Uhr. »Kommen die heute noch, Chef?«

Christian Fuchs zuckt mit den Schultern und beginnt mit der Durchsicht der Berichte wieder von vorn.

Endlich!

Vierzig Minuten später führt zunächst Angela Bauer Christine Rehak durch die Tür und kurz darauf werden die Brüder von Kriesenstein von einem Wachebeamten im Chefzimmer abgeliefert.

Schreiner rückt drei Sessel zurecht und deutet grantig darauf.

»Setzen Sie sich!«

Christine Rehaks blonder Pferdeschwanz wedelt heute mit breiten Strähnen in Pink, dazu trägt sie ein schwarzes T-Shirt mit grellgelben, undefinierbaren Schriftzeichen darauf und eine knöchellange, grüne Jeans in Metallic-Optik. Am rechten Knöchel blitzt knapp unter dem Hosenrand ein Tattoo in Form eines Schmetterlings hervor. Ein kleiner, goldfarbiger Nasenring sowie lange Ohrhänger aus bunten Glassteinen vervollständigen ihr Aussehen, welches besser auf den Villacher Fasching gepasst hätte.

Leilei!

Schreiner schüttelt missbilligend den Kopf und eine tiefe Stirnfalte formiert sich in seinem Gesicht, während Christian Fuchs keine Miene verzieht. Jeder, wie er will, denkt er und sucht ihre Rundungen, die sich unter dem schwarzen T-Shirt weniger abzeichnen als bei ihrem letzten Besuch, wo sie ein dünnes, weißes getragen hatte.

Neben Christine Rehak nimmt Fridolin von Kriesenstein Platz, legt seinen Arm um ihre Schulter, den sie wütend abschüttelt. Scheinbar ist sie noch immer verärgert, dass er nicht sie zu den Autorennen mitgenommen, sondern eine andere Frau vorgezogen hat.

Inspektor Schreiner hebt den Kopf und mustert das Dreiergespann.

»Wissen Sie, warum Sie hier sind?«

Seine Frage richtet sich an die Brüder von Kriesenstein, über den bunten Vogel sieht er hinweg.

Kopfschütteln ist die Antwort.

»Dann werde ich es Ihnen sagen.«

Er atmet tief durch und ballt die Hände zu Fäusten.

»Sie haben Ludmilla von Kriesenstein erschlagen! Sie wollten an ihr Erbe herankommen. Ihnen steht das Wasser bis zum Hals, praktisch sind Sie pleite. Dieses Erbe war für sie die letzte Rettung aus einem Schlamassel, welches Kredithaie, denen Sie sich ausgeliefert haben, noch verschlimmerten. Ihr aufwändiger Lebensstil hat sie an den Ruin gebracht. Sie konnten Ihre Schulden nicht mehr begleichen und haben sich an den letzten Grashalm auf einer Wiese geklammert, nämlich das Erbe Ihrer Tante! Aber dazu mussten Sie die arme Frau erst umbringen!«

Christian Fuchs bewundert Schreiner, der sich fest im Griff hat und seine Fäuste nicht zum Einsatz bringt. Er lehnt sich zurück und mustert Alexander und Fridolin von Kriesenstein, wirft jedoch auch öfters einen Seitenblick auf Christine Rehak, die sich vor Freude die Hände reibt. Was ist los mit der? Will sie die Brüder wegen Mordes im Gefängnis sehen? Oder von sich ablenken? Sollte tatsächlich sie die Tante der beiden umgebracht haben? Christian Fuchs beobachtet weiter, während Schreiner die Befragung energisch fortsetzt.

»Was haben Sie eigentlich in der Shanghai-Bar in Wien gemacht?«, schießt er die drei plötzlich an und bringt sie dadurch völlig aus dem Gleichgewicht.

Christine Rehak erschrickt und wird blass, die beiden Männer schauen sich perplex an, dann springt Alexander von Kriesenstein auf.

»Woher wissen Sie …?«

»Ganz einfach«, fällt Christian Fuchs ihm ins Wort. »Sie wurden gesehen.«

Obwohl sich Christian Fuchs nicht sicher ist, ob Gemeinderat Hubert Burgunder alles richtig beobachtet hat, glaubt er nun, dass diese Reaktion dafürsprechen könnte. Gelassen lehnt er sich weit zurück, wippt mit dem Sessel und verfolgt Schreiners Agieren. Dieser haut auch gleich seinen nächsten Trumpf ins Spiel.

»Woher hatten Sie den Ring?«, schießt er Christine Rehak an, »den Sie Fridolin von Kriesenstein ins Champagnerglas geworfen haben?«

Die wird noch blasser und wendet sich hilfesuchend den Brüdern zu, was ihr nichts nützt, denn Schreiner ist in seinem Element.

»Also! Woher stammt dieser Ring? Haben Sie den Ludmilla von Kriesenstein vom Finger gezogen, nachdem Sie sie erschlagen hatten?«

»Du sagst jetzt nichts«, schreit Fridolin von Kriesenstein Christine Rehak an, »ehe Dr. Paragraf da ist.«

Nervös nestelt er sein Smartphone aus der Hosentasche und tippt eine Kurzwahl ein.

Das Signal ist zu hören, jedoch meldet sich Dr. Paragraf jun. nicht. Eine Weile lässt er es läuten, dann legt er sichtlich verärgert auf, was ihm ein schadenfrohes Lächeln seitens Schreiner einbringt. Christian Fuchs mustert die drei vor seinem Schreibtisch still, bis er sich einmischt.

»Wo befindet sich der Ring jetzt, Herr von Kriesenstein?«, fragt er und wirft ihm einen freundlichen Blick zu. »Ich glaube, diese Frage können Sie auch ohne Ihren Anwalt beantworten.«

Fridolin von Kriesenstein hat sich rasch gefangen. Er legt die Beine übereinander, streicht teilnahmslos ein unsichtbares Flankerl vom Ärmel seines Kurzarmhemdes, danach betrachtet er eingehend seine Füße, die in modischen, zweifarbigen Sneakern stecken. Eine Antwort bleibt er schuldig.

Hinter dem Chefinspektor ist das Fenster weit geöffnet, um frische Luft in den Raum zu lassen. Das monotone Geräusch der vorbeifahrenden Autos dürfte Schreiner beruhigen, sonst hätte er ganz sicher wütend auf dieses Schweigen reagiert.

»Also«, hakt Christian Fuchs nach, »wo befindet sich der Ring jetzt?«

Schweigen!

Und ehe sich Schreiner einmischen kann, steht der Chefinspektor auf und legt ihm beruhigend die Hand auf die Schulter.

»Die Herrschaften bleiben bei uns, bis sie gewillt sind, mit uns zu sprechen.«

Er deutet dem Wachebeamten, welcher bei der Tür postiert ist, die drei abzuführen.

»Wenn Sie Ihre Meinung geändert haben«, ruft er ihnen hinterher, »reden wir weiter.«

Nachdem er mit Schreiner allein im Büro ist, meint dieser: »Chef, wie wollen Sie die zum Sprechen bringen? Die sind doch stur wie Grieskoch.«

Chefinspektor Christian Fuchs muss lachen. »Ich wusste gar nicht, dass Grieskoch stur ist.«

Inspektor Julius Schreiner schüttelt den Kopf. »Haben Sie das noch nie gehört?«

Christian Fuchs verneint, daraufhin meint Schreiner trocken: »Ich auch nicht. Habe ich soeben erfunden.«

Nicht zum ersten Mal wundert sich Christian Fuchs über Schreiner. Sollte dieser nach vielen Jahren der Zusammenarbeit endlich seine humorvolle Seite entdeckt haben?

»Versuch, diesen Anwalt zu erreichen, Schreiner. Wenn er nicht ans Telefon geht, lass nach ihm fahnden. Obwohl die Durchsuchung seiner Räume nichts, oder nur wenig gebracht hat, müssen wir dringend mit ihm sprechen. Irgendetwas scheint mit dem nicht in Ordnung zu sein.«

»Da stimme ich Ihnen voll zu, Chef. Mit dem stimmt was nicht.«

»Wenn wir mit dem Senior sprechen könnten! Vielleicht wäre ein Gespräch mit ihm für uns hilfreich.«

»Glaube ich nicht, dass das etwas bringt. Selbst wenn«, meint

Schreiner nachdenklich, »könnten wir nicht damit agieren, weil jede Art von Aussage seiner Demenz geschuldet sein könnte.«

Christian Fuchs muss Schreiner wohl oder übel zustimmen.

Kapitel 29

Das Telefon reißt Christian Fuchs aus seinen Tagträumen und katapultiert ihn in die Gegenwart zurück.

Eben noch lag er am Strand von Mallorca, die Sonne schien angenehm warm auf seinen Rücken, die Meeresbrandung drang in seine Ohren und er konnte weibliche Rundungen neben sich spüren. Was gibt es Schöneres?

Doch leider befindet er sich noch nicht in seinem langersehnten Urlaub, sondern hockt verdrießlich hinter seinem Schreibtisch in der Polizeistation Horn.

»Fuchs!«

»Kurt Klimczak, Polizei Baden.«

»Grüße Sie, Herr Kollege! Ich freu mich, von Ihnen zu hören.«

Der Chefinspektor rückt seinen Sessel näher an den Schreibtisch und lehnt sich entspannt zurück. »Sie haben hoffentlich gute Nachrichten für uns, denn wir treten im Moment auf der Stelle und könnten jede Menge Hilfe gebrauchen.«

Er vernimmt ein Räuspern, das in Lachen übergeht.

»Ich glaube schon. Wir haben soeben im Hinterzimmer eines Wirtshauses ein illegales Wettbüro ausgehoben. Laut unseren Ermittlungen handelt es sich dabei um den Umschlagplatz für Wetten der illegalen Autorennen, an denen auch Ihre beiden Früchtchen von Kriesenstein beteiligt sind.«

»Das ist ja mehr als interessant, Herr Kollege, und …«

»Dabei«, unterbricht Kurt Klimczak den Chefinspektor, »wurde ein Dr. Albrecht Paragraf vorläufig festgenommen. Er scheint in die Machenschaften verstrickt zu sein. Ich dachte, das könnte Sie interessieren.«

Christian Fuchs springt mit dem Hörer fest ans Ohr gepresst vom Sessel auf. »Das ist ja wunderbar, Herr Kollege! Nach diesem Dr. Paragraf suchen wir bereits«, schreit er euphorisch in den Hörer. »Er ist ja, wie Sie wissen, der Anwalt unserer Früchtchen, wie Sie es so schön ausgedrückt haben, die unter dem dringenden Verdacht stehen, ihre Tante Ludmilla von Kriesenstein erschlagen zu haben.«

»Na, dann«, lacht Klimczak und unterbricht den emotionalen Ausbruch des Chefinspektors, »habe ich ja ein gutes Naserl gehabt.«

Ausführlich informiert ihn Christian Fuchs daraufhin über den bisherigen Stand seiner Ermittlungen und meint am Schluss: »Wenn Sie mit ihm fertig sind, können Sie ihn so lange aufhalten, bis unser Kollege Sepp Tauber bei Ihnen eintrifft, um ihn abzuholen? Wir haben ebenfalls einige Fragen an den ehrenwerten Herrn Doktor, konnten ihn aber bis dato nicht erreichen.«

Während Inspektor Julius Schreiner und Chefinspektor Christian Fuchs auf das Eintreffen von Dr. Albrecht Paragraf warten, spaziere ich mit Annerl durch meinen Garten.

Sie ist ebenso fasziniert von meinen neuen Sommerbeeten wie ich selbst.

»Aber das Gras dazwischen!«, ruft sie begeistert und umklammert fest meinen Arm. »Ich hab gar nicht g'wusst, das Gras so schön sein kann.«

»Ja«, bestätige ich stolz. »Majestätisch und grazil zugleich, vor allem wenn sich die Ähren sanft im Wind bewegen.«

Ich gestehe, diese Sommerbeete mit Trockenstauden und Gräsern sind mir wirklich gut gelungen, was nicht allein meinem botanischen Wissen geschuldet ist, sondern aus zahlreichen einschlägigen Gartenratgebern stammt.

Wir schlendern auf einem schmalen Trampelpfad durch die nicht gemähte Blumenwiese, beobachten Heuschrecken, wie sie von Halm zu Halm hüpfen, Wildbienen beim Besuch einzelner Blüten, verfolgen eine Blindschleiche, die rasch unter einem Grasbüschel verschwindet, und freuen uns zusätzlich über das schöne Wetter. Kein Wölkchen trübt den blauen Himmel, nur ab und zu ist ein sanfter Windhauch spürbar.

»Jetzt hat's aber scho lang nimmer g'regnet.« Annerl reißt mich aus meiner Schwärmerei. »Eigentlich müssten deine Blumen längst vertrocknet sein. Gießt du so viel?«

»Nein, überhaupt nicht.«

Ein ungläubiger Blick trifft mich und ich muss lächeln.

»Ich habe aber auch nur solche Pflanzen gesetzt«, kläre ich sie auf, »die unserer ständigen Trockenheit standhalten, ja sie sogar brauchen.«

»Also Trockenkünstler«, lacht sie und strebt auf die Bank beim Teich zu. Ich lasse mich neben sie fallen und schaue in den Himmel. »Das sieht auch heute nicht nach Regen aus«, murmle ich und sie nickt.

Eine Weile genießen wir die Natur um uns, dann regt sich Annerl und wendet mir den Kopf zu.

»Hat eigentlich der Sepp erzählt, ob sie den Mörder von der Kriesenstein schon ham?«, wechselt sie das Thema.

»Nein. Glaube ich nicht, sonst hätten wir doch schon längst in der Zeitung etwas darüber gelesen.«

Aha!

»Ich bin sicher, dass es diese Pflegerin war. Die hat was gegen Adelige! Erst hats diese Hofmeister in Baden abg'murkst, und dann unsere Kriesenstein.«

Verblüfft schaue ich auf. »Du meinst, dass der Grund für einen Mord ihre Abneigung gegen Adelige ist? Deshalb rottet sie diese aus?«

»Wär doch möglich. Hat der Sepp nix erzählt?«

»Nein«, antworte ich gedehnt, »aber er hat vormittags einen Anruf vom Schreiner bekommen, woraufhin er ins Auto gesprungen und losgefahren ist.«

»Was hat er denn bei dir g'macht, und wohin ist er g'fahren?«

Jetzt will sie es aber genau wissen.

»Er hat bei mir übernachtet, wir haben sehr spät gefrühstückt und waren eben dabei, eine Gartenrunde zu drehen, als ihn Schreiner am Telefon erwischte. Er hat mir nur noch zugerufen, dass er nach Baden fahren muss.«

Verschmitzt schaut sie mich von der Seite an.

»Lieber wärs dir g'wesen, er wär da blieben, gell?«

No na!

»Und was macht er in Baden?«

Wenn ich das wüsste, wäre ich schlauer.

Das Gartenthema, welches mir lieber gewesen wäre, hat Annerl beiseitegeschoben und wir unterhalten uns nun über den Mordfall, was nicht viel hergibt, weil wir bislang an akutem Informationsmangel leiden.

»Entweder gibt's nix Neues, oder der Sepp hat's dir net g'sagt.«

»So schaut's aus – im Schneckenhaus«, ich nicke und muss lachen. Dann lege ich nachdenklich meine Stirn in Falten und überlege, warum Schreiner Sepp nach Baden geschickt haben könnte.

»Vielleicht muss er die Rehak verhaften?«

Ehe ich antworten kann, hüpft ein Frosch munter vor unseren Füßen ins Wasser und verschwindet auf dem Teichgrund. Er hinterlässt eine in der Sonne glitzernde Wasseroberfläche und zwei nichts wissende Weiber auf der Bank. Wir stieren in das sich langsam wieder beruhigende Wasser, dann wende ich mich Annerl zu.

»Eigentlich kann Sepps Fahrt nach Baden ja nur etwas mit dieser Rehak zu tun haben, da muss ich dir recht geben«, pflichte ich bei. »Aber was?«

»Vielleicht hat die noch jemanden umbracht?«

»Geh, Annerl! Jetzt übertreibst du aber. Wen soll sie denn noch umgebracht haben?«

Sie zuckt mit den Schultern. »Ja, mei. Was weiß denn ich? Warts halt ab, Sandra. Der Sepp kommt ja irgendwann amal z'rück, dann san ma schlauer.«

Kapitel 30

Sepp Tauber ist zurück, öffnet die Tür zum Chefzimmer und lässt Dr. Albrecht Paragraf den Vortritt, der auch gleich auf Christian Fuchs zueilt.

»Was denken Sie sich eigentlich dabei, mich so mir nix dir nix wie einen Verbrecher abführen zu lassen?«

»Guten Tag, Herr Doktor. Bitte nehmen Sie erst einmal Platz!«

Geduldig übergeht der Chefinspektor die Beschwerde, Schreiner hingegen sitzt zappelig neben ihm. Gerne würde er antworten, wartet jedoch ab. Er möchte sich nicht schon wieder dem ermahnenden Blick seines Chefs aussetzen.

»Herr Dr. Paragraf! So mir nix dir nix, wie Sie behaupten, war unser Handeln nicht. Immerhin haben wir Ihre Mandanten Alexander und Fridolin von Kriesenstein, denen wir den Mord an Ludmilla von Kriesenstein vorwerfen, bei uns, die Ihren Rechtsbeistand eingefordert haben. Daneben befindet sich auch Christine Rehak hier, die unserer Meinung nach in die Sache involviert ist.«

Wie von einer Tarantel gestochen springt er auf, kaum dass er richtig sitzt. »Was haben Sie? Sie haben Christine verhaftet?« Stöhnend sinkt er zurück. »Was werfen Sie ihr denn vor? Was haben Sie gegen sie in der Hand?«

Christian Fuchs wundert sich, dass er nicht zuerst nach den Brüdern von Kriesenstein fragt. Das wäre naheliegender gewesen, weil er deren Rechtsbeistand ist und die Polizei ihnen den Mord an ihrer Tante vorwirft, aber nicht Christine Rehak. Gleichzeitig bemerkt er den verständnislosen Blick seines kleinen Inspektors. Auch ihm dürfte das nicht nachvollziehbare Verhalten des Anwalts aufgefallen sein. Christian Fuchs deutet Tauber, welcher bei der Tür gewartet hat, die Brüder von Kriesenstein und Christine Rehak herzuholen.

Mit großen Schritten durchquert der Rechtsanwalt während der Wartezeit das Chefzimmer und wird mit belustigten Blicken seitens Christian Fuchs und Julius Schreiner verfolgt.

»Wir haben Christine Rehak nicht verhaftet, Herr Doktor«, klärt Christian Fuchs den Anwalt während dessen Wanderung durch das Zimmer auf. »Wie kommen Sie auf diese Idee?«

Dr. Albrecht Paragraf hält kurz inne und mustert den Chefinspektor. »Nicht? Weshalb ist sie dann hier?«

Doch ehe Christian Fuchs diese Frage beantworten kann, dirigiert Tauber die drei durch die Tür und bleibt dort stehen. Erstens muss er verhindern, dass einer unerlaubt abhaut, zweitens ist er neugierig, wie sich die Sache weiterentwickelt.

Sein Einschreiten ist jedoch nicht erforderlich, weil sich sowohl die Brüder als auch Christine Rehak diszipliniert verhalten und keinen Anlass dafür geben. Der Anwalt macht ein paar Schritte auf Christine Rehak zu, die erschrocken zurückweicht.

»Alles in Ordnung?« Nachdem sie nicht antwortet, legt er seine Hände auf ihre Schultern, was der jungen Frau nicht gefällt.

»Lassen Sie mich in Ruhe!« Energisch schüttelt sie seine Hände ab. »Sie sind doch an allem schuld!«

Fridolin und Alexander von Kriesenstein verfolgen interessiert den Wortwechsel.

»Entschuldigung«, stottert der Anwalt und lässt augenblicklich Christine Rehaks Schultern los. Genau in diesem Moment mischt sich Inspektor Schreiner in das Gespräch.

»In welcher Weise, Frau Rehak, trägt Dr. Paragraf Schuld?«

Er setzt ein zufriedenes Lächeln auf. Der Chef hatte wirklich recht, denkt Schreiner, als er die drei gemeinsam vernehmen ließ. Gespannt verfolgt er weiter das Geplänkel.

»Beantworten Sie die Frage, Frau Rehak«, fordert der Chefinspektor die Frau auf.

Genau so hat er sich das vorgestellt. Bei einem gemeinsamen Gespräch kommt mehr an den Tag, als wenn er jeden einzeln vernommen hätte.

Trotzdem ist Christine Rehak zu keiner Aussage bereit. Sie ignoriert alle an sie gerichteten Fragen und schweigt beharrlich. Das leuchtet dem Chefinspektor noch ein, keinesfalls versteht er aber ihre Reaktion in die, seiner Meinung nach, falsche Richtung. Verständlich wäre gewesen, dass sie auf Fridolin von Kriesenstein losgeht, jedoch nicht auf den Anwalt. Dieses Verhalten stimmt ihn nachdenklich. Warum geht sie auf Dr. Paragraf los? Könnte was dahinterstecken, von dem er nichts weiß? Sollte der Anwalt tiefer in den Mordfall verwickelt sein, als der Polizei bekannt ist?

»Woher hatten Sie den Ring, Frau Rehak«, schießt Schreiner sie unerwartet an, »den Sie Fridolin von Kriesenstein in der Shanghai-Bar in Wien ins Champagnerglas geworfen haben?«

Christine Rehak wird blass und der Anwalt plärrt sie an:

»Sie haben waaas??« Schreiner ist zufrieden. Die Lage verbessert sich von Minute zu Minute.

Christine Rehaks pinkfarbiger Pferdeschwanz hängt schlaff herab, während sie den Anwalt mit vorwurfsvollem Blick durchbohrt. Langsam wendet sie sich Christian Fuchs zu.

»Er ist schuld, dass es so weit gekommen ist.«

Der Anwalt stemmt sich drohend in die Höhe. »Überlegen Sie gut, was Sie sagen, sonst …«

»Was sonst?«, mischt Schreiner neuerlich mit und ballt langsam die Hand zur Faust.

Im Moment sieht es aus, als wollte der Anwalt auf alle Personen im Raum gleichzeitig losgehen, doch der autoritäre Chefinspektor hält ihn in Schach. Christine Rehak versinkt in stilles Brüten und die Neffen der Ermordeten beobachten fassungslos, was da abgeht, bis Schreiner betont langsam eine Frage an Fridolin von Kriesenstein richtet: »Wo befindet sich der Ring jetzt, Herr von Kriesenstein?«

Unter dem strengen Blick seines Anwalts, der sich so halbwegs gefangen hat, zuckt er nur mit den Schultern. »Was weiß ich? Fragen Sie doch die da!« Er zeigt auf die junge Frau. »Mein Bruder und ich sind nach dieser Eskapade aufgestanden und gegangen. Vielleicht hat sie ihn aus dem Champagnerglas gefischt und wieder an sich genommen? Vielleicht hat sie ihn aber auch gierig mit dem Champagner hinuntergeschluckt?«

Sepp Tauber steigt unruhig von einem Fuß auf den anderen. Er will unbedingt etwas loswerden.

»Was ist, Tauber?«

Der geht auf seinen Chef zu und flüstert ihm etwas ins Ohr, woraufhin dieser kurz überlegt, dann erhellt sich seine Miene. Eine Idee manifestiert sich blitzartig. Ja, das könnte klappen. Eingehend mustert er Christine Rehak, die verächtlich auf die Brüder von Kriesenstein blickt. Jetzt muss er nur hoffen, dass sein Plan aufgeht. Er wartet, bis Tauber wieder bei der Tür Posten bezogen hat, ehe er das Geschoß abfeuert.

»Frau Christine Rehak, ich verhafte Sie wegen Mordes an Ludmilla von Kriesenstein und«, er tauscht einen Blick mit dem verdatterten Schreiner, »an Adele von Hofmeister.«

Ein Bombeneinschlag hätte nicht gewaltiger sein können.

Alexander und Fridolin von Kriesenstein schnellen in die Höhe, Dr. Albrecht Paragraf wird käseweiß und beginnt zu zittern, während Christine Rehak zum Erstaunen aller Anwesenden hellauf zu lachen beginnt.

Dieses Lachen irritiert Christian Fuchs. Sollte sie nicht entsetzt über die Anschuldigung sein? Immerhin hat er ihr soeben eine Haftstrafe angedroht. Was ist nur los mit der jungen Frau? Ist sie womöglich übergeschnappt? Wie wäre dieser Gefühlsausbruch sonst zu deuten?

Eine Weile herrscht Schweigen, bis Dr. Paragraf seine Stimme wiederfindet.

»Das kann doch nicht Ihr Ernst sein?«, flüstert er. »Welche Beweise gegen Christine liegen Ihnen denn vor, um so eine Behauptung aufzustellen?«

Christian Fuchs geht auf die Frage nicht ein. Er erhebt sich und deutet Tauber, die Frau abzuführen.

Nachdem Christine Rehak weggebracht wurde, beugt sich Christian Fuchs weit über seinen Schreibtisch und fixiert Dr. Paragraf, der unter diesem Blick noch nervöser wird, als er ohnehin schon ist. Seine Oberschenkel beginnen zu zittern, seine Hände sind überall gleichzeitig, sein Blick geht rastlos zwischen Christian Fuchs und Julius Schreiner hin und her, während er nach dem Wasserglas greift, das vor ihm steht.

Er nestelt ein Taschentuch aus seiner Hosentasche, wischt damit über die Stirn und reibt danach seine Hände trocken, wodurch sich der Chefinspektor bestätigt fühlt. Seine Handlung war richtig, auch wenn Schreiner nicht mitkommt und ihn verständnislos anschaut.

Tauber hat ihm zugeflüstert, dass der Anwalt anfangs sehr aufgebracht über seine Mitnahme nach Horn war, er konnte ihn jedoch beruhigen und sogar dazu zu bringen, zwanglos mit ihm zu sprechen. Und dieses Gespräch hat Tauber so verstanden, dass wahrscheinlich der Anwalt selbst hinter allem stecke und nicht die Brüder von Kriesenstein. Weiters gewann er den Eindruck, dass Christine Rehak ihm viel bedeutet.

Nachdem Christian Fuchs dieses Wissen abgewogen hatte, schaltete er rasch. Er gab einen Schuss ins Blaue ab, der voll ins Schwarze traf. Die anwaltliche Reaktion darauf bestätigt ihm, dass Tauber richtig kombiniert hat.

»Sie haben gegen Christine nichts in der Hand«, seufzt der Anwalt. »Ich werde sie ab sofort vertreten, darauf können Sie sich verlassen, Herr Chefinspektor.«

»Das ist ein schöner Zug von Ihnen, wo Sie doch schon mit der Verteidigung der Brüder von Kriesenstein betraut sind.«

Christian Fuchs weiß genau, dass er mit der vorläufigen Verhaftung nicht weit kommen wird, die Reaktion darauf lässt ihn aber hoffen, wenigstens einen kleinen Fortschritt erzielen zu können. Kurz beobachtet er Dr. Paragraf, dann meint er gelassen:

»Christine Rehak ist zwar volljährig, trotzdem erscheint es mir ratsam, ihre Mutter davon in Kenntnis zu setzen. Würden Sie das übernehmen, wo Sie doch jetzt Christine Rehaks Rechtsbeistand sind?« Damit setzt Christian Fuchs seinen einmal begonnen Plan fort. Der Anwalt öffnet den Mund, schließt ihn wieder, fährt sich mit den Fingern durch die gegelten Haare und schnauft. »Natürlich mache ich das!«

Zufrieden lehnt sich der Chefinspektor zurück. Er hat erreicht, was er wollte. Wenn jetzt auch noch Maria Rehak erscheint, ist er zuversichtlich, den Fall bald gelöst zu haben. Langsam rückt er der Wahrheit näher. Das spürt er.

Schreiners Kopf pendelt während des Wortwechsels zwischen den beiden hin und her, als verfolge er ein Tennismatsch in Wimbledon. Auch er wünscht sich nichts sehnlicher, als dass der Chef mit dieser Taktik, welche er zwar nicht ganz durchschaut, Erfolg hat. Dann wäre der chefliche Mallorca-Urlaub gesichert, er selbst könnte sich ein paar freie Tage gönnen, wenn auch mit Bereitschaftsdienst, und die würde er gemütlich mit seiner Frau Juliane verbringen.

Die Befragung wird unterbrochen, Alexander und Fridolin von Kriesenstein einstweilen in ihre Zellen gebracht, während sich der Anwalt mit Christine Rehak in ein von Angela Bauer beaufsichtigtes Beratungszimmer zurückzieht.

Während der Pause holt Schreiner entschlossen sein geblümeltes Häferl und kocht zunächst einmal Kaffee. Hoffentlich findet sich die von Dr. Paragraf telefonisch Verständigte bald ein, denn warten gehört bekanntlich nicht zu seiner Stärke.

Und er hat Glück!

Es dauert nicht einmal eine Stunde, bis Maria Rehak in das Chefzimmer stürmt.

»Wo ist Christine?«

Irritiert blickt sie um sich.

»Wo ist sie?«

Ehe der Chefinspektor die Frage beantworten kann, wird Christine Rehak von der Polizistin Angela Bauer, in Begleitung des Anwalts Dr. Albrecht Paragraf, vorgeführt.

»Mama!«

Sogleich eilt Maria Rehak auf ihre Tochter zu und nimmt sie fest in die Arme.

Beide brechen in Tränen aus.

Julius Schreiner ist solchen Gefühlsausbrüchen nicht gewachsen, er fühlt sich bei diesem Anblick nicht wohl in seiner Haut. Währenddessen lässt Christian Fuchs den Anwalt nicht aus den Augen. Nach einer gefühlten Ewigkeit löst Maria Rehak die mütterliche Umarmung.

»Lassen Sie sie gehen. Sie hat nichts getan«, seufzt sie und atmet schwer. Dann fällt sie auf den angebotenen Sessel und flüstert:

»Ich war es!«

Schreiner springt vom Sessel auf. »Was? Was heißt das? Sie haben Adele von Hofmeister und Ludmilla von Kriesenstein getötet?«

Maria Rehak nickt. Ihr Blick hängt liebevoll an ihrer Tochter, die nicht mehr lacht, sondern ihrer Mutter um den Hals fällt.

»Ja! Ich habe Adele von Hofmeister getötet. Sie wollte mich anzeigen, weil ich ein paar Schmuckstücke mitgehen ließ, die sie ohnehin nicht mehr braucht.« Sie schaut auf. »Ich konnte doch nicht zulassen, dass die mich anzeigt.«

»Und Ludmilla von Kriesenstein? Wie schaut es …«

»Das war auch ich. Der da«, sie streckt den Arm aus und richtet ihren Zeigefinger auf den Anwalt, wobei sie am ganzen Körper zittert wie Espenlaub, »hat mich erpresst. Irgendwie muss er erfahren haben, dass ich die Alte in Baden umgebracht habe. Damit hatte er mich in der Hand. Entweder ich töte für ihn auch Ludmilla von Kriesenstein, damit sein Vater erbt, hat er gedroht, oder er geht zur Polizei. Mir ist ja gar nichts anderes übriggeblieben!«

Während der Schilderung springt Dr. Paragraf in die Höhe. »Die lügt doch! Glauben Sie ihr kein Wort!«

Aber der Chefinspektor ist anderer Ansicht. Endlich liegt die Lösung des Falls klar vor ihm. So oder ähnlich hatte er es sich vorgestellt.

Kapitel 31

»Und nun zu Ihnen, Herr Rechtsanwalt.«

Christian Fuchs wechselt einen verständnisvollen Blick mit seinem Inspektor, dann schaut er dem Anwalt streng ins Gesicht und erhebt sich vom Sessel.

»Herr Dr. Albrecht Paragraf, ich verhafte Sie wegen des Verdachts der Anstiftung zum Mord an Ludmilla von Kriesenstein und der vorsätzlichen Körperverletzung an Susanne Magerl. Was den Mord betrifft, ist das Geständnis Maria Rehaks ausreichend, in dem sie Sie beschuldigt, sie zur Tat genötigt zu haben, womit noch Erpressung hinzukommt.«

Man könnte eine Stecknadel fallen hören, würde nicht der monotone Straßenlärm die Stille durchbrechen.

Während dieser Beschuldigung nestelt der Anwalt unmotiviert an seiner Kleidung herum, stiert auf das geöffnete Fenster hinter Christian Fuchs, als wollte er fliehen, und schweigt. Was soll er zu diesen Anschuldigungen auch sagen, ohne sich selbst zu belasten?

»Sie befürchteten«, setzt der Chefinspektor fort, »Susanne Magerl könnte Ihren Plan, den Verdacht auf die Brüder von Kriesenstein zu lenken, was Sie ursprünglich ja vorhatten, gefährden. Sie kannte den Inhalt des Testaments, schließlich unterschrieb sie dieses als eine der Zeugen bei Notar Petersen, und war weiters durch ihre langjährige Freundschaft mit Ludmilla von Kriesenstein über deren finanzielles Gebaren informiert. Da Sie weiters befürchten mussten, dass Ihr Vater vor Ludmilla von Kriesenstein stirbt, wodurch das Erbe für Sie verloren wäre, wollten Sie nachhelfen. Und um sich die Finger nicht selbst schmutzig machen zu müssen, haben Sie Maria Rehak dazu angestiftet.«

Der Rechtsanwalt sinkt immer tiefer in seinen Sessel. Doch dann rappelt er sich rasch wieder hoch und erhebt Einspruch.

»Diese Vorwürfe sind reine Fantasie! Nichts davon können Sie beweisen!« Er zögert und betrachtet eingehend seine Schuhe. »Ich habe weder mit dem Mord an der Adeligen noch mit einem Anschlag auf eine Susanne Magerl, die ich nicht einmal kenne, etwas zu tun. Ich werde jetzt gehen, und nicht einmal Sie, Herr Chefinspektor, können mich daran hindern!«

Er will aufstehen, doch Inspektor Schreiner ist schneller. Er springt auf und drückt ihm beide Hände fest auf die Schultern.

»Sitzen bleiben!«

Empört wendet sich Dr. Paragraf um.

»Fassen Sie mich nicht an!«, brüllt er. »Sonst sind Sie dran wegen Einschränkung der persönlichen Freiheit. Nehmen Sie sofort Ihre Hände von meinen Schultern!«

Langsam lockert Inspektor Schreiner den Druck, behält den Beschuldigten aber weiter unter Kontrolle. Ein Nicken des Chefinspektors zeigt, dass dieser damit einverstanden ist. Und nachdem er zur Ansicht gelangt, dass der Anwalt nun Ruhe gibt, nimmt er den Platz an der Seite seines Chefs wieder ein.

»Was hätte ich denn sonst machen sollen?«, empört er sich und zeigt dabei weder Reue noch Verständnis für die Anschuldigungen. »Die eine hätte mir das Erbe versaut, die andere hätte mich womöglich verpfiffen.«

Er schnauft verärgert und rutscht tiefer in den Sessel. Es sieht aus, als würde der Rechtsanwalt selbst Rechtsbeistand benötigen.

Gut so, denkt der Chefinspektor und freut sich. Sowohl den Mord als auch die Körperverletzung kann er endlich ad acta legen.

Er ruft Tauber, der den Beschuldigten in eine Zelle bringen soll.

»Abführen!«

Nun bleibt dem Chefinspektor nur noch ein kurzer Anruf im Ministerium, um auch den Doppeldoktor über den erfolgreichen Abschluss der Mordfälle Adele von Hofmeister und Ludmilla von Kriesenstein zu informieren. Erst dann kann er sich endlich voll und ganz auf seinen wohlverdienten Urlaub unter der südlichen Sonne freuen.

Kapitel 32

»Also erzähl endlich! Wir sind gespannt wie offene Regenschirme!«

Zappelig stehe ich hinter Annerl, die neben Berta Pitzer und Hedwig Uhudler unter meiner Pergola sitzt. Vor meinem Gartentürl parkt Sepp Taubers Streifenwagen, der kleine Flitzer von Berta Pitzer steht knapp dahinter, und ein Traktor, mit dem Günter Uhudler seine Hedwig bei mir abgeliefert hat, wendet auf der schmalen Straße und rollt Richtung Ort davon.

Sepp Tauber streckt sich, hängt seine Uniformjacke, nachdem er sie umständlich ausgezogen hat, über die Sessellehne, setzt sich bequem hin und mustert uns grinsend der Reihe nach. Erst dann beginnt er zu berichten. Anfangs ein wenig stockend, doch dann sprudeln seine Worte immer fließender heraus. Gebannt hängen wir an seinen Lippen. Es ist mucksmäuschenstill, nicht der kleinste Windhauch raschelt im Blätterdach der großen Eiche, während seine angenehme Stimme über uns hinwegschwebt. Der Bericht ist lang, doch unsere Aufmerksamkeit lässt nicht nach, ganz im Gegenteil.

Aus seiner Schilderung erfahren wir, dass endlich beide Mordfälle aufgeklärt sind. Ungeduldig fordern wir von ihm auch die kleinsten Details, doch so schnell geht es bei der Polizei heute nicht. Zuerst will mein lieber Sepp etwas trinken. Es ist ziemlich heiß, und da braucht er, ehe er sich den Mund weiter fusselig redet, schon ein bisserl was zum Befeuchten.

»Willst einen Gspritzten?«, frage ich und er nickt. Berta, der ich, ebenso wie Hedwig, gleichzeitig mit Sepp ein Glas Gspritzten vorsetze, prosten sich zu, hingegen straft mich Annerl mit vorwurfsvollem Blick. Kurz überlege ich, was ich denn ihrer Meinung nach schon wieder falsch gemacht haben könnte, dann kapiere ich, eile ins Haus und kehre unverzüglich mit einer Flasche Obstler und zwei Stamperln zurück an den Tisch. Wie konnte ich nur vergessen, dass sie bei Neuigkeiten dieser Art immer etwas Hochprozentiges braucht? Und damit sie nicht allein als Schnapsdrossel am Tisch sitzt, genehmige ich mir auch ein Stamperl.

Erst nachdem wir alle zufrieden an unseren Gläsern hängen, erfahren wir, wie Chefinspektor Christian Fuchs die Morde sowohl an Adele von Hofmeister als auch an Ludmilla von Kriesenstein aufgeklärt hat.

»Unser Chef«, Sepp macht einen Schluck, »hat alles auf eine Karte gesetzt und gewonnen.«

Erstaunen macht sich breit. Sollte die Aufklärung wirklich so einfach gewesen sein? Ein paar Verdächtige gegeneinander ausspielen und abwarten, was passiert? Doch anscheinend hatte Christian Fuchs damit Erfolg. Manchmal halte ich ihn für einen Glückspilz der besonderen Art. Nicht nur mit Charme und Verführungskünsten entlockt er Verdächtigen die Wahrheit, auch, wie hier, mit Tricks.

Berta Pitzer reißt mich aus meinen Überlegungen.

»Eins verstehe ich aber noch immer nicht. Zuerst hat er doch die Brüder von Kriesenstein verdächtigt, ihre Tante umgebracht zu haben. Wie kommt er dann plötzlich auf diese Rehak-Tochter?«

Sepp Tauber beginnt überlegen zu grinsen, doch ehe er seinen Mund aufmachen kann, beantworte ich Bertas Frage.

»Ich vermute, der Chefinspektor wollte unter den Verdächtigen einfach nur Unruhe stiften. Er erhoffte sich, dass dadurch Emotionen hochkochen und sich irgendeiner der Leute verrät, oder einen der anderen beschuldigt.«

»Glaube ich nicht«, unterbricht mich Hedwig. »Viel logischer wäre, er hätte von Anfang an diese Christine Rehak in Verdacht gehabt.«

»Blödsinn!« Berta Pitzer setzt energisch ihr Glas auf dem Tisch ab, aus dem sie gerade trinken wollte. »Angefangen hat es doch damit, dass Annerl in Baden diese Pflegerin dabei beobachtet hat, wie sie zweimal in ein Haus gegangen ist.«

»Genau!«, schreit Annerl und bringt damit Berta aus dem Konzept. Nun reden alle durcheinander, deshalb deute ich Sepp, seine Erzählung fortzusetzen, sonst wird das nix mehr!

Lange fixiert er uns, bis Beruhigung eintritt, erst dann redet er weiter. Gespannt hängen wir neuerlich an seinem Mund, mit dem ich eigentlich viel Schöneres vorhätte.

»Natürlich hatten der Chef und auch der Schreiner zuerst die Brüder von Kriesenstein in Verdacht, ihre Tante im Schlosspark erschlagen zu haben. Als Nächstes wurde der Anwalt unter die Lupe genommen. Sein dementer Vater wäre laut Testament Erbe des Kriesensteinschen Vermögens geworden, an das der Sohn aber nur herankommt, solange sein Vater noch lebt. Stirbt dieser vor Ludmilla von Kriesenstein, geht der Junior leer aus.«

Während Sepp einen Schluck von seinem Gspritzten macht, frage ich:

»Und deshalb nahm Christian Fuchs an, der Anwalt wäre der Täter?«

»Genau!«

Die Weiber verfolgen die Erläuterungen mit aufgerissenen Augen.

»Und wie kommt er dann auf die Idee«, wende ich ein, »dass Christine Rehak beide Frauen ermordet haben soll?«

Sepp atmet tief durch, zieht Falten in seine schöne Stirn und trinkt sein Glas leer.

»Ich sollte doch den Anwalt von Baden abholen und nach Horn bringen. Während der Fahrt habe ich mich mit ihm unterhalten und da ist mir aufgefallen, dass ihm sehr viel an Christine Rehak liegen muss. Ich hatte sogar den Eindruck, dass er in sie verliebt ist. Das habe ich unserem Chef erzählt. Daraufhin wollte er den Anwalt herausfordern, indem er Christine Rehak des Mordes beschuldigt, um ihm ein Geständnis zu entlocken.« Sepp seufzt. »Aber dann ist alles ganz anders gekommen.«

Aha!

»Ich kann auch nicht nachvollziehen«, murmle ich, »warum der Chefinspektor die Mutter von Christine Rehak kommen ließ, wo er doch plötzlich den Anwalt in Verdacht hatte.«

Berta Pitzer schüttelt verzweifelt ihren Kopf. Sie versteht nur Bahnhof, während ich mich bemühe, wenigstens die Hälfte von dem zu kapieren, was uns Sepp erzählt. Nur Annerl lässt diese Debatte kalt. Sie genießt den Obstler, hat sich bereits nachgeschenkt und versucht, Hedwig in ein Gespräch zu verwickeln, was diese aber ablehnt. Auch sie will unbedingt wissen, wie alles gelaufen ist, und hängt an Sepps Lippen, der ungestört weiterspricht.

»Genau weiß ich auch nicht, was der Chef wirklich gedacht hat. Ich glaube aber, dass er sich mit dem Anwalt doch nicht so ganz sicher war. Deshalb wollte er alle, die ein Motiv haben, versammeln, in der Hoffnung, dass sich irgendeiner verplappert oder sonst wie verrät.«

Er atmet tief durch. »Was ja dann auch geschehen ist.«

Entgeistert schauen wir uns an, bis Hedwig fragt:

»Und was ist eigentlich mit dem ominösen Ring geschehen, aus dem angeblich ein Stein fehlt?«

Sie spricht damit an, was mich schon die ganze Zeit über beschäftigt.

Ein überlegenes Grinsen macht sich in Sepps Gesicht breit, während er sich streckt.

»Der Ring steckte am Finger von Christine Rehak. Sie hat ihn tatsächlich aus dem Champagnerglas rausgeholt, weil er ein Geschenk ihrer Mutter war.« Wir schütteln ungläubig unsere Köpfe, nur Annerl murrt:

»Ich hab's euch doch von Anfang an g'sagt, dass die Pflegerin die Mörderin ist. Aber ihr habts mir ja net glaubt. Jetzt habts es!«

Kapitel 33

Chefinspektor Christian Fuchs atmet tief durch.

Endlich!

Er befindet sich im Flieger nach Palma, streckt seine langen Haxen in den Gang hinein, zum Glück bekam er einen Ecksitz, und wartet darauf, sein erstes Gläschen Sekt von einer hübschen Stewardess serviert zu bekommen.

Sein heißersehnter Urlaub hat begonnen und nichts kann ihn dazu bringen, auch nur am Rande an die Mordfälle Adele von Hofmeister oder Ludmilla von Kriesenstein zu denken.

Doch meistens kommt es anders, als man denkt, oder es sich wünscht.

Wie er so mitten in seiner Vorfreude auf die südliche Sonne Mallorcas schwelgt, legt sich ein tiefer Schatten über ihn. Die Maschine hat soeben ihre Flughöhe erreicht und er blinzelt über seine beiden Nachbarn zur Linken hinweg aus dem kleinen Fenster, als ihn dieser Schatten aufblicken und gleichzeitig erstarren lässt.

»Na, so ein Zufall, Herr Chefinspektor! Was machen Sie denn hier?«

Christian Fuchs zieht abrupt seine Beine zurück und verstaut sie unter dem Sitz des Vordermannes, dann schaut er erschrocken auf.

Tatsächlich! Alexander und Fridolin von Kriesenstein stehen lachend vor ihm. Eigentlich müsste man sagen, über ihm, denn die zwei aufrechten Gestalten überragen den sitzenden Chefinspektor um einiges.

Soll er jetzt die dümmliche Frage beantworten, oder die Gegenfrage stellen, was denn die Brüder hier machen, ausgerechnet in der Maschine, die ihn in seinen wohlverdienten Urlaub bringt. Er entscheidet sich für Letzteres.

»Wir haben auf einer Dating-Plattform zwei Witwen kennengelernt«, antwortet Fridolin von Kriesenstein, »die eine Finca auf Mallorca, in der Nähe von Valldemossa besitzen. Und die haben uns dorthin eingeladen.«

Christian Fuchs wundert nichts mehr.

»Ich nehme an, es handelt sich um betuchte Frauen, zu denen Sie sich begeben.« Und von ihnen aushalten lassen, hätte er am liebsten hinzugefügt, unterlässt es aber. Er ist an einem Disput mit den beiden, die er am liebsten hinter Gitter gesehen hätte, nicht interessiert. Nach der anstrengenden Aufklärung der Mordfälle will er Ruhe haben, um sich mental auf seinen Urlaub einstimmen zu können.

»Das setzen wir doch voraus, Herr Chefinspektor, dass die Geld haben. So eine Finca in dieser noblen Gegend können sich sicher nur Reiche leisten.«

Fridolin von Kriesenstein lacht ihm frech ins Gesicht, was Christian Fuchs nun doch nicht so ganz ungestraft hinnehmen will.

»Wenn ich das richtig verstehe, nehmen Sie statt dem große Erbe Ihrer Tante, welches Sie leider nicht erhalten, jetzt zwei reiche Witwen aus? Wollen deren Vermögen verprassen, nur weil Sie nicht imstande sind, Ihren aufwändigen Lebensunterhalt selbst zu bestreiten?«

Missbilligend schüttelt er den Kopf. »Meiner Meinung nach ist das nicht gentlemanlike, meine Herren.«

Die Brüder beginnen schallend zu lachen.

»Was soll's, Herr Chefinspektor. Gentlemanlike hin oder her. So ist das Leben! Wir haben die Titel, die Weiber die Kohle.«

Es ist nicht zu fassen!

Doch zum Glück wenden sie sich gleich darauf von Christian Fuchs ab, was diesen erleichtert aufatmen lässt. Nur Alexander von Kriesenstein kann es sich nicht verkneifen. Er dreht sich in dem schmalen Gang kurz noch einmal zu ihm um und wiederholt noch immer lachend von oben herab:

»So ist das Leben, Herr Chefinspektor! Noblesse oblige!«